GWAG Y NOS

GWAG Y NOS

Sioned Wyn Roberts

atebol

Cyhoeddwyd gyntaf yng Nghymru yn 2021 gan Atebol Cyfyngedig, Adeiladau'r Fagwyr, Llanfihangel Genau'r Glyn, Aberystwyth, Ceredigion SY24 5AQ

Ail argraffiad 2022

Dyluniwyd gan Almon
Golygwyd gan Adran Olygyddol Cyngor Llyfrau Cymru

atebol.com

ISBN 978-1-913245-36-8

Dymuna'r cyhoeddwr gydnabod cymorth ariannol Cyngor Llyfrau Cymru

I Mam a Dad

GWAG-Y-NOS

Dydy byddigions byth yn edrych arnan ni'n iawn. Byth yn ein gweld ni, ddim go iawn. Maen nhw jest yn gweld plant y Wyrcws. Plant Gwag y Nos. Tacla. Garidýms. Cnafon. Pethau budr. Blêr. Twp. Anghwrtais. Ac ar ben bob dim, 'dan ni'n drewi. Honcio. Oglau chwys. Oglau traed. Piso. Cachu. Mae'r holl le'n drewi a ninnau'n llusgo'r stinc o'n cwmpas fel mantell. Dwi 'di bod yma mor hir, prin ydw i'n sylwi.

1

'Ti'n cysgu?'

'Nac'dw siŵr!' Dydy Elsi byth yn cysgu.

'Barod?'

'Jest chwilio am fy hosan i. Ti 'di gweld hi, Magi?'

'Fan'na. Dan gwely. Ty'd, Elsi, brysia,' dwi'n sibrwd yn uchel, yn ddifynadd. Rhaid i ni fynd rŵan neu fydd hi'n rhy hwyr.

Allan â ni o'r dorm ar flaenau'n traed rhag ofn deffro'r lleill.

Sleifio i lawr y grisiau tywyll mae Elsi a fi rŵan, trwy'r ffreutur gwag, trwy ddrws mawr y gegin a drwodd i'r briws. Dydyn ni ddim angen cannwyll, 'dan ni'n dwy wedi arfer crwydro drwy'r Wyrcws yn ganol nos.

'Lle mae'r bwcedi?'

'Shhhh, Elsi!' Estyn dwy fwced fawr bren o'r

briws, un bob un. Allan â ni i'r iard gefn at y pwmp dŵr.

'Mae 'nannedd i'n clecian – dwi'n siŵr o ddeffro Nyrs Jenat!' medda Elsi, sy ar fin dechrau piffian chwerthin. Dwi bron â chael histerics hefyd ond mae hyn yn ddifrifol. Callia, Magi.

'Cym ofal rŵan, paid â llenwi'r fwced reit i'r top, fydd hi'n rhy drwm i'w chario.' Fi, yn trio bod yn gall.

Dyma'r cynllun: cario'r bwcedi llawn dŵr i fyny grisiau a'u balansio ar ddrws y dorm. Ben bore, pan fydd Nyrs Jenat yn dod i'n deffro ni efo'r gloch aflafar 'na, geith hi sociad. Dim mwy na mae hi'n ei haeddu, yr hen ast.

Elsi sy gynta i stryffaglu i fyny'r grisiau, yn crynu'n

afreolus wrth drio stopio chwerthin. Sblasho dŵr ym mhobman. Finnau ar ei hôl hi. Dwn i'm p'run 'di'r gwaetha ohonon ni, Elsi neu fi.

'Dan ni'n dwy wedi bod yn ffrindiau gorau ers i mi ddod yma i'r Wyrcws dros dair blynedd yn ôl. Mae Elsi'n fengach na fi ond wedi byw yma gydol ei bywyd. Hi ddysgodd fi sut i ffitio i mewn, sut i ymdopi yn Gwag y Nos.

Elsi Lôn Fudr, plentyn llwyn a pherth. S'neb yn gwybod pwy 'di ei rhieni hi. Pan oedd hi'n fabi bach, wnaeth ei mam ei lapio hi mewn carthen, ei rhoi hi mewn basged a'i gadael ar stepen drws fferm Lôn Fudr. Ganol gaeaf. Popeth wedi rhewi'n gorn. Agoron nhw'r drws jest mewn pryd. Fe gadwon nhw'r garthen ond anfon Elsi yn syth i'r Wyrcws.

Hogan fach benfelen a llond pen o gyrls byw, efo un cudyn hir, afreolus yn ei llygad hi drwy'r amser. Hollol ddireidus. Doniol. Mae ganddi'r ffordd 'ma o wenu efo'i llygaid heb i neb sylwi – peth da mewn lle fel hyn.

'Dan ni'n dwy mewn trwbwl byth a beunydd. Ac wedi trio dianc ddwsinau o weithiau. S'dim syndod bod Nyrs Jenat yn ein casáu ni.

Y tro cynta i ni redeg i ffwrdd roedd hi'n noson olau. Lleuad lawn. Gwawr arian dros bopeth. Stelcian allan o'n gwelyau, gwisgo pob cerpyn drewllyd oedd ganddon ni a'r cwbwl yn crafu. Cario'n sgidiau hoelion mawr rhag ofn iddyn nhw wneud sŵn. Tyllau yn ein sanau. Bodiau budr. Piffian chwerthin. Pam oeddan ni'n gweld hynny mor ddoniol? Roedd gan bawb dyllau yn eu sanau. Ac ym mhob dilledyn arall hefyd. Efo Elsi roedd popeth yn ddoniol.

Dwi'n cofio ni'n gwasgu drwy'r ffenest fach uchaf un yn yr atig a dringo i lawr y beipen. Peth peryglus i'w wneud, ond doeddan ni'n poeni dim. Allan i'r iard dan olau'r lloer, yn boddi mewn awyr iach. Edrych i fyny a rhyfeddu at y sêr. Ymgolli'n llwyr yn yr olygfa fendigedig am 'chydig.

'Hei! Stopiwch!'

Robat Wyllt y porthor. Rhedon ni nerth esgyrn ein traed. Lwyddon ni gyrraedd wal y golchdy cyn i Robat Wyllt ddal i fyny efo ni. Un slei fuodd o erioed a'r tro yma roedd o wedi'n dilyn ni drwy'r iard efo'r ffon hir 'na – yr un efo'r bachyn bach haearn i agor y ffenestri uchel sy 'ma.

'S'gynnoch chi ddim gobaith dianc o fan'ma,' rhuodd Robat tu ôl i ni.

Fi ddringodd i fyny'r beipen law yn gynta ac Elsi reit tu ôl i mi. Wnes i lwyddo i gyrraedd y to, wedi colli 'ngwynt a 'nghalon i'n curo fel gordd. Ond jest fel oedd Elsi'n cyrraedd top y beipen, bachodd Robat hi efo'r polyn.

'Dos o 'ma'r cythraul hyll!' gwaeddais, ond roedd hi'n rhy hwyr. Sgrechiodd Elsi wrth i'r bachyn rwygo trwy ei phais a chrafu'r croen. Mae'r bachyn 'na'n finiog. Trodd pais Elsi yn goch.

'Tro nesa,' sibrydais wrth Elsi cyn i Robat Wyllt dynnu ni'n dwy i lawr o'r to yn frwnt. Wnes i sgriffio 'mhenelin ar y llechi miniog. Y bwli. Llwyddais i'w gicio fo'n galed wrth strancio ar y ffordd 'nôl i mewn i'r Wyrcws. Dwi'n gwybod wnaeth o frifo.

Chwe chwip go hegar efo gwialen fedw a gorfod glanhau'r toiledau am wythnos oedd ein cosb ni. Ond o'n i wedi cael blas ar ryddid. Ges i saith diwrnod cyfan i gynllunio'r ddihangfa nesa. Pob brwsiad, pob anadl ddrewllyd, pob sgwriad budr yn bwydo'r ffantasi o ddianc. Elsi a fi'n rhedeg i ffwrdd ymhell o Gwag y Nos, dechrau eto'n rhywle lle does dim Nyrs Jenat na Robat Wyllt.

Breuddwyd ffŵl.

'Dan ni wedi cyrraedd y dorm. Finnau'n sefyll ar stôl ac yn gosod y drws ar yr ongl iawn. Elsi'n pasio'r ddwy fwced drom i fyny er mwyn i fi eu balansio nhw ar ben y drws. Dydy o ddim yn hawdd – maen nhw'n wlyb socian ac yn llithrig.

'Be dach chi'n neud?' Dwi bron â neidio allan o 'nghroen. Diolch byth, dim ond Now Bach sy 'na, yn busnesu fel arfer.

'Dos yn ôl i dy wely, Now,' dwi'n hisian. 'Munud 'ma.' Dydy o ddim cweit llawn llathen, bechod.

'Laddith Nyrs Jenat chi,' medda Now.

Mae o'n llygad ei le.

Popeth yn barod, mae hi bron â gwawrio a ninnau 'nôl yn y gwely yn cogio cysgu. Y bwcedi dŵr yn balansio ar y drws yn aros amdani.

Ding. Ding. Dong. Eco trwm y gloch ar y grisiau. Dyma hi'n dod.

'Deffrwch, y cnafon!' Nyrs Jenat yn gweiddi a bytheirio wrth ddringo i fyny'r grisiau, yn stryffaglu efo'i choes glec. 'Codwch o'ch gwelyau, y tacla.' Mae hi'n stopio i gael ei gwynt ati, jest tu allan i'r drws.

Yn syth ar ôl i ni glywed gwich y drws trwm, mae sŵn crash aruthrol. Y bwcedi wedi syrthio. Dŵr yn tasgu. A gweiddi rhegi, digon i'n byddaru ni i gyd. Llwyddiant!

Ond mae be sy'n digwydd nesa yn fferru 'ngwaed i. Nyrs Jenat yn baglu dros y fwced, yn llithro yn y dŵr a syrthio i lawr y grisiau, yn coethi fel llwynog ganol nos. Alla i glywed ei phen yn dyrnu ar y grisiau pren caled o fan hyn.

Erbyn iddi hi rowlio'n bendramwnagl lawr i waelod y staer, mae plant y Wyrcws i gyd allan o'r dorms yn syllu arni'n anghrediniol. Pob un yn cwffio i weld yn iawn. Ac mae be 'dan ni'n ei weld yn bictiwr.

Nyrs Jenat, ei choesau'n yr awyr a'i blwmers carpiog llwyd yn amlwg i bawb. Y twll 'na mewn lle anffodus, braidd. Mae wynebau'r plant yn gymysgedd o bleser ac arswyd bob yn ail. Neb cweit yn llwyddo i guddio'r wên sy'n cosi'u gweflau chwaith.

Damia. Doedd hynna ddim i fod i ddigwydd.

Robat Wyllt sy'n helpu Nyrs Jenat i fyny ar ei thraed. Mae 'na uffarn o olwg arni hi. Ond mae ei llygaid ar dân, yn chwilio am fan gwan. Am rywun i gael y bai.

''Dan ni 'di gneud hi rŵan,' sibryda Elsi.

Mater o amser fydd hi, meddyliaf innau wrth i lygaid tanbaid Nyrs Jenat ddal fy rhai i.

2

O'n i'n cysgu'n sownd. Yn breuddwydio'n ffyrnig am rywbeth. Ddim yn cofio beth. A chofia i fyth rŵan achos pan glywaf y drws 'na'n gwichian a sŵn Nyrs Jenat yn llusgo'i throed at fy ngwely, dwi'n gwybod bod rhywbeth mawr iawn o'i le.

'Mae hi 'di marw.' Nyrs Jenat yn llusgo fi allan o'r gwely gerfydd fy nghlust. Ei hewinedd yn grafangau miniog. 'Magi, ti'n clywed? Dy fam. Mae hi 'di mynd yn y nos.' Mae'n poeri'r geiriau yn fy wyneb, ei hanadl yn drewi o bŵer. Rhyfedd be mae rywun yn sylwi, tydy, cyn i'r geiriau wneud sens.

'Mam? Wedi marw?' Mae'r geiriau'n dyrnu 'mol a gwynt drwg yn chwythu allan o'm hysgyfaint. Dwi'n methu anadlu. Blas gwaed yn fy ngheg. Sŵn anifeilaidd yn dod allan o rywle. Mae 'nghoesau'n gwegian. Colli balans. Colli rheolaeth. Cracio 'mhen ar lawr carreg.

Dydw i ddim eisiau deffro. Dwi eisiau cysgu am byth. Achos pan fydda i'n agor fy llygaid eto a dod 'nôl i wlad y byw, dwi'n gwybod mai hwn fydd diwrnod gwaetha 'mywyd i. Y gwaethaf un. Ac yn y Wyrcws mae hynna'n ddeud mawr, achos mae pob diwrnod yn uffern.

'Un yn llai i'w fwydo yn y twll lle 'ma,' medda Nyrs Jenat wrth y plant busneslyd o'i chwmpas, cyn iddi sylweddoli 'mod i wedi deffro.

Ai gwên ar ei hwyneb hi oedd hwnna?

'Gwisga amdanat. Casgla dy bethau. Ti'n mynd,' gorchmynna.

'Mynd? Rŵan? I ble?' Methu credu 'nghlustiau. 'Ond dwi eisiau gweld Mam.'

'Sa well i ti beidio mynd i'w gweld hi, w'sti.' Mae ffug gonsyrn ar wyneb Nyrs Jenat. 'Mae hi wedi bod yn sâl iawn. Roedd 'na olwg ofnadwy arni hi yn y diwedd.'

Dydw i ddim eisiau meddwl am Mam fel'na, yn sâl, mewn poen, methu symud. Dwi eisiau deud ffarwél yn iawn wrthi. Dal ei llaw hi am y tro olaf. Dwi 'di dysgu cuddio 'nheimladau yn y Wyrcws ond rŵan maen nhw i gyd yn dod allan yn afreolus. Ton ar ôl ton o atgofion yn golchi drostaf i.

Dwi'n ddeg oed eto, yn blentyn bach ofnus yn dal yn sownd yn sgert Mam wrth i ni sefyll y tu allan i giatiau Gwag y Nos. Mam yn tynnu ar bolyn llithrig y gloch. Clywed eco honno'n canu ymhell i ffwrdd. Wedyn, ar ôl amser maith, gweld llusern wichlyd yn siglo tuag atan ni. Rhywun dienaid mewn carpiau gwlyb yn agor giatiau trwm y Wyrcws yn y glaw. Neb yn deud dim. Cofio Mam yn crynu, fy llaw chwyslyd yn dal yn dynn yn ei llaw hi. Cofio cerdded ar draws yr iard, yn corddi'r mwd dan fy nhraed a'r llaid drewllyd yn glynu i fy sgidiau trwm. Sŵn tylluan wen yn sgrechian yn y coed.

Gwag y Nos. Does neb eisiau dod yma. Dim hyd yn oed y bobol fwyaf tlawd. Ond yn y pen draw doedd gan Mam a fi ddim dewis. Gaeaf 1864 oedd y gwaetha ers hydoedd, medda nhw. Dim byd yn tyfu. Bwyd wedi pydru yn y storfa. Pawb yn llwgu. Yn y diwedd roedd rhaid i Tada a Deio 'mrawd adael y fferm a mynd i ffwrdd i'r môr er mwyn ennill 'chydig o arian. Driodd Mam a fi ein gorau glas i gadw Fferm Bryn Melys i fynd ond aeth pethau o ddrwg i waeth, nes i Sgweiar Nanhoron daflu ni allan o'n cartre am beidio talu'r rhent.

Felly dyma ni, yn wlyb socian y tu allan i ddrws Gwag y Nos. Tair blynedd yn ôl oedd hynny. Pan o'n i'n ifanc ac yn trystio pawb. Ond yna ddes i ddallt bod rhaid bod yn gryf, yn wydn yn fan'ma. Roeddwn i'n gobeithio bod y ferch fach ddiniwed 'na wedi diflannu am byth. Nawr mae hi 'nôl. Yn ei galar. Ac mae gwendid yn beryglus mewn lle fel hyn.

'Magi,' gwaedda Nyrs Jenat a 'neffro'n ddisymwth o'm meddyliau. 'Hel dy bethau a tyrd yn d'laen, y munud 'ma.'

'Plis, Nyrs Jenat. Plis ga i fynd i weld corff Mam? I ddeud ffarwél yn iawn?'

Gafaela Nyrs Jenat yn fy ngwallt a thynnu'n filain. Fy mhenglog yn llosgi. 'Cau dy geg, y gnawes ddigywilydd.' Yr anadl sur 'na eto. 'Dyna'r tro dwetha i ti f'ateb i 'nôl. Mae'n hen bryd i ti fynd i dy gartre newydd.'

3

Mae Mr Watkins yn ffalsio. Gwneud job dda ohoni hefyd. Dyna sut mae o efo byddigions bob tro. Pobol bwysig, ariannog, snobs. Mr Watkins wedi hen arfer seboni.

Erbyn i mi gerdded i mewn i'w swyddfa foethus, mae o wedi mynd i hwyl go iawn. Yn byddaru ei ymwelydd efo straeon am ysgoldy newydd, a'r rwtsh arferol am blant wrth eu bodda'n dysgu darllen a ballu. Celwydd noeth. Prin fedar plant fan'ma sgwennu'u henwau.

Yn eistedd ger y bwrdd yn yfed paned o de a brathu i ganol sleisen go dda o deisen lap mae gwraig ganol oed, gefnog. Mae Nyrs Jenat yn chwys domen yn ffysian o'i chwmpas. Gymrwch chi ddarn arall o deisen, Mrs Rowlands? Llymaid o de? Beth am lwmpyn arall o siwgwr? Mae ei throed chwith yn llusgo tu ôl iddi yn ôl yr arfer. Mae sŵn yr esgid drom 'na yn crafu ar y llawr carreg yn codi arswyd ar bob plentyn dan ei gofal. Munud nesa, drwy gornel fy llygaid wela i gysgod o dan y drws. Rhywun ysgafn, chwim, cyfrwys.

Dwi'n gwybod yn iawn pwy ydy hi.

Llestri gorau ar y bwrdd. Rhosod bach pinc tywyll ar gefndir gwyn. Atgoffa fi o'r marciau 'na ar groen Mam druan pan ddechreuodd hi fynd yn sâl. Fedra i ddim stopio meddwl am Mam. Ei chwerthiniad hi, ei breichiau cynnes, y cysur o fod yn agos ati yn y nos ers talwm. Sgwn i lle mae hi rŵan? Lle mae hi wedi mynd?

Dwi'n llwyddo i lyncu'r chŵd sy'n codi i 'ngheg heb i neb sylwi.

Prin ges i weld Mam ers i ni ddod yma i Gwag y Nos. Dydy teuluoedd ddim yn cael aros efo'i gilydd.

Merched mewn un adeilad, dynion ochor arall a'r plant efo'i gilydd.

Yn y seilam oedd Mam. Os o'n i'n lwcus, o'n i'n gallu gweld hi o bell wrth gerdded heibio'r celloedd. Ei gwallt tywyll wedi troi yn weiars arian. Ei llygaid yn gleisiau. Aeth hi'n denau iawn o fewn dim.

Ond yn sydyn, mae rhywbeth od yn tynnu fy sylw. Yr eiliad mae Mr Watkins yn troi ei gefn ac yn edrych allan drwy'r ffenest, mae Nyrs Jenat yn stopio ffysian, yn edrych yn syth i lygaid Mrs Rowlands a nodio'n gynllwyngar. Yn slei bach, mae Mrs Rowlands yn estyn amlen fach frown o phlyg ei sgert a'i rhoi i Nyrs Jenat. Honno'n checio'r cynnwys a chyn i Mr Watkins droi rownd, mae hi wedi cuddio'r amlen dwt yn ei ffedog.

Mae hi'n fy nal i'n sbecian.

'Sefa'n syth. Paid â busnesu, y gnawes fach,' medda Nyrs Jenat drwy'i dannedd. Dim yn aml oeddwn i'n anghofio'r drefn: gwna dy hun yn fach, edrycha i lawr, paid â syllu i lygaid neb, paid tynnu sylw atat ti dy hun. Byswn yn diflannu drwy graciau'r llawr carreg taswn i'n gallu.

Ers bod yn y Wyrcws, dwi wedi newid yn llwyr. Mae'r holl gasineb ac annhegwch sy yn y lle 'ma wedi cronni y tu mewn i mi ac yn bygwth llifo allan fel gwaed o dan hen grachen.

Mae cysgod Elsi wedi mynd.

'Hen dempar main sy ar hon.' Daw llais Nyrs Jenat â mi 'nôl i stydi Mr Watkins yn ddisymwth. 'Ac mae hi'n torri'r rheolau byth a beunydd.' Mae pawb yn syllu arna i. Y rebel.

Dwi'n brathu 'ngwefus. Cau dy geg, Magi. Paid â deud dim. Paid â gneud dim.

Gwelaf gornel llygad Mr Watkins yn crynu'n afreolus a rhyw wên fach nerfus ar ei wefus. Dydy'r dyn yn gwybod dim am y pethau sy'n mynd 'mlaen 'ma. Mae gan Mr Watkins ofn ei gysgod ei hun, ac yn arbennig cysgod Nyrs Jenat. Hi 'di'r bòs ac mae pawb yn gwybod hynny, yn enwedig hi.

'Gwnaiff Magi forwyn fach dda i chi, Mrs Rowlands, rwy'n siŵr o hynny.' Mr Watkins sy'n trio bod yn glên – ac eisiau cael gwared ohonof fi, mae'n siŵr.

'Jest gwnewch yn siŵr eich bod chi'n cadw llygad barcud arni,' ychwanega Nyrs Jenat yn sarrug.

'Peidiwch â phoeni, mae Mr Rowlands a finne wedi arfer â phechaduriaid,' medda Mrs Rowlands mewn llais meddal, tawel. Acen od. Wahanol. Dydy hi ddim o fan'ma. 'Yn ein profiad ni, Mr Watkins, gras Duw a gwaith caled yw'r unig ffordd i gadw trefn ar wehilion cymdeithas,' medda'r llais swynol.

'Rydych chi yn llygad eich lle, Mrs Rowlands.' Mr Watkins yn crafu eto. 'Mae Wyrcws Gwag y

Nos yn elwa o'ch cefnogaeth hael chi, a gweddill ffyddloniaid Capel Salem, wrth gwrs.'

'Peidiwch â sôn, Mr Watkins, mae hi'n ddyletswydd arnom ni, Gristnogion.'

Am y tro cynta dyma gyfle i edrych arni hi'n iawn. Wyneb crwn, cynnes. Croen melfedaidd. Brychni ar ei thrwyn. Y llais meddal 'na. Gwraig garedig, meddyliwn yn obeithiol. Ond yna mae'n troi ei phen a syllu i lawr ei thrwyn arna i fel taswn i'n faw, gyda'r llygaid glasa ac oera welais i erioed.

Mae hon yr un fath â'r gweddill.

'Mae hi wedi bod yn fwrn arnoch chi, mae'n siŵr, Nyrs Jenat.' Sleisen fawr arall o deisen.

'Dim mwy na gweddill y tacla sy 'ma, Mrs Rowlands. Ond mae gynnon ni ein ffyrdd o'u rheoli nhw – ffyrdd effeithiol iawn.'

Oes wir. Fel yr adeg 'na pan oedd Now Bach wedi gwlychu ei wely a Nyrs Jenat wedi'i ddal o'n trio cuddio'r cywilydd. Y noson wedyn, rhoddodd hi Now mewn sach fudr, codi'r sach i fyny ar fachyn a'i hongian o'r trawstiau. Drwy'r nos roedd Now Bach, druan, yn crio. Y sach yn siglo. Y bachyn yn gwichian. Yn y bore, roedd pwll bach slei o dan y sach. Fe weithiodd y gosb yn y diwedd, ar ôl tua wythnos. Ond fuodd Now Bach byth yr un peth ar ôl hynna.

Fydda i'n falch o adael y twll lle 'ma.

4

'Dere,' medda Mrs Rowlands. 'Elli di gerdded tu ol i'r trap, Magi.'

Does gen i ddim llawer o ddewis, a'r rhaff arw wedi'i chlymu ar fy ngarddwrn. Dim ond unwaith dwi'n edrych 'nôl at y Wyrcws wrth i mi gerdded allan drwy'r iard. Ffenestri budr. Brown. Pren wedi pydru. Waliau uchel. Cerrig mawr ithfaen llwyd, rhy seimllyd i ddal mwsogl.

Ond dwi'n chwilio am rywbeth. Rhywun. A dyna hi, Elsi benfelen yn sbecian arna i drwy ffenest yr ysgoldy. Mae hi'n rhy fyr i gyrraedd y ffenest yn iawn, felly mae hi'n neidio i fyny ac yn hongian ar y sil ffenest efo un braich ac yn chwifio efo'r llall.

Mae Elsi'n bell i ffwrdd ac yn edrych yn fach ond wela i hi'n iawn. Wela i'r mop o gyrls melyn. A'r trwyn smwt 'na wedi'i stwffio reit i gornel y ffenest. Selog.

Sgwn i a wela i Elsi byth eto.

'Ji-yp. Tyrd yn d'laen, Seren. Ji-yp …' Chwipia'r gwas y ceffyl bach dro ar ôl tro. Dydy hi'n mynd dim cynt. Merlen ddu. Carnau bach twt yn symud yn sionc. Mwng hir, sgleiniog a seren dwt o flew arian ar ei thalcen. Seren, y peth delia welais i ers talwm. Does neb yn feistr ar y ferlen fach yma.

Rhaid i mi rhyw sgipio-redeg i ddal i fyny efo'r trap wrth iddo fownsio dros y cerrig. Dwi wedi colli 'ngwynt ac mae pwyth yn fy ochor. Y rhaff yn crafu. Rhuthro dros y cerrig miniog, trwy'r cymylau o lwch sy'n codi o olwynion y trap o 'mlaen i.

Mae 'nhraed i'n brifo. Sgidiau hoelion mawr yn rhwbio, lot rhy fach erbyn hyn. Ges i nhw ar ôl Sioni Ddu, druan, ar ôl iddo fynd i rywle lle doedd dim angen sgidiau.

Wedi meddwl, does gen i ddim byd sy'n perthyn i fi fy hun. Mae popeth wedi'i roi, wedi'i fenthyg, neu wedi'i ddwyn oddi wrth plentyn arall sydd wedi tyfu allan ohonyn nhw. Neu waeth. Bob hyn a hyn, dwi'n meddwl am y plant yna. Tybed ydy eu hysbrydion nhw dal ym mhlyg fy sgert, pwythau fy sanau, c'ria fy sgidiau? Ydw i, Magi Bryn Melys, hyd yn oed yn bodoli? Ydw i'n berson go iawn, neu jest yn glytwaith o bob un plentyn tlawd wedi'i gymysgu'n un?

Stopia fwydro, Magi. Canolbwyntia. Edrycha o dy gwmpas. Cofia pob troad. Pob coeden a charreg filltir. Ella fydda i angen gwybod y ffordd 'nôl adre ryw ddiwrnod. Adre. Wnes i ddeud hynna? Doedd Gwag y Nos erioed wedi teimlo fel cartre i mi, ond mae'n siŵr ei fod y peth agosa iddo ers i mi adael tyddyn Bryn Melys dros dair blynedd yn ôl.

Ar ôl tua awr, mae'r trap yn troi i'r dde trwy giatiau llydan a gyrru i lawr lôn goed cyn stopio o flaen adeilad bendigedig. Tŷ anferth, ffenestri mawr, uchel. Muriau o feini tywyll a cholofnau gwyn o boptu'r drws.

'Plas Aberhiraeth. Dyma dy gartref di nawr,' medda Mrs Rowlands cyn troi ar ei sawdl a cherdded tuag at y drws ffrynt du efo cnociwr pres siâp llaw osgeiddig. S'dim rhaid iddi hi gnocio. Mae rhywun yn agor y drws trwm heb edrych allan, a'i gau'n glep ar ei hôl.

Drws byddigions ydy hwnna. Y drws cefn sydd i fi a'r gwas, siŵr iawn.

5

Mae'r gegin yn fawr ac yn brysur. Yn llawn mwg saim sy'n codi cyfog arna i. Ar ôl i'm llygaid arfer, dwi'n gallu gweld bwydydd o bob math: ffesantod, gwyddau, cwningod a chig moch yn hongian o fachau yn y trawstiau. Llysiau a ffrwythau mewn pentwr iach ar y bwrdd. Teisen gyraints, cacenni cri cynnes a bisgedi sinsir yn syth o'r popty. Mae'r fisged fach ddi-siâp 'na jest o fewn gafael …

'Hei!' Slap caled ar fy llaw. 'Dim i ti mae hwnna, siŵr.' Cwc. Hen fel pechod. Dim dant yn ei phen. Gwallt brith lliw blew llygod. Ffedog waedlyd wedi'i chlymu ddwy waith o amgylch ei chanol a chyllell beryg yn ei llaw.

'Mae bwyd y gweision yn y briws. Gei di swper ar ôl i bawb orffen, os bydd 'na rwbath ar ôl,' gwawdiodd. 'Rŵan tyrd i blicio'r tatws a'r moron 'ma a thorri'r nionod.'

Gwneud pwdin mae Cwc. Pwdin siwet a jam ffigys wedi'i stemio. Mae ei gwallt wedi'i glymu ar ei phen a'i chap wedi balansio ar hwnnw. Y cwbwl yn crynu'n afreolus pan mae hi'n chwipio'r menyn a'r siwgwr efo llwy bren fawr. Mae hi'n dal fi'n gwenu.

'Paid â syllu, yr hulpan. S'gen ti ddim digon i'w wneud?' Mae'r wg 'na yn ddigon i suro'r llefrith. 'Reit 'ta, golcha'r sosbenni budr 'na a wedyn mae angen sgwrio'r bwrdd a berwi'r cadachau.' Y jobsys wedi mynd lot gwaeth yn reit sydyn.

Ar ôl sgwrio a sgwrio nes bod fy mysedd i'n gignoeth, daw morwyn arall i mewn i'r gegin. Wedi bod yn gosod y bwrdd yn y stafell fwyta mae hi ac yn edrych lot glanach na'r gweddill ohonon ni yn y gegin. 'Magi, ie? Ti wedi cyrraedd o'r diwedd,' medda hi'n groesawgar. 'Neli ydw i.'

Aeth oriau heibio wrth i mi blicio tatws a moron, cario dŵr, chwysu dros y tân, troi'r cig. Wedyn sgwrio sosbenni, golchi platiau, sychu gwydrau, cario mwy o ddŵr, berwi dŵr, golchi mwy o lestri. Sut mae teulu mor fach yn gallu defnyddio cymaint o lestri?

O'r diwedd mae'r cwbwl wedi'i wneud, y gegin

wedi'i chlirio. Sosbenni copr o bob maint wedi'u gosod yn eu trefn ar y silffoedd. Y llestri glas a gwyn ar y ddresel dderw. Gwydrau wedi'u polisho yn sgleinio yn fflam y lamp baraffîn.

Wrth i'r cloc daro naw, mae'r gweision i gyd yn gosod y bwrdd am eu swper. Catherine y Cwc, Neli morwyn y parlwr a Wiliam, y gwas oedd wedi dod â fi yma yn y trap.

Gweddillion swper y byddigions sydd ar y bwrdd – 'chydig o gawl, darn o ham a thorth o fara. Dwi'n glafoerio wrth edrych ar y wledd. Yn llwgu. Yn enwedig ar ôl yr holl waith caled 'na.

'Draw fan'na ti'n eistedd,' arthia Wiliam efo llond ceg o ddannedd cam, wrth bwyntio at stôl fach yn y briws. Alla i ddim stopio syllu ar ei drwyn mawr â'i ffroenau blewog.

‘A hwn ydy dy swper di,’ medda Catherine, yn rhoi powlen boeth yn fy llaw. ‘Sgotyn ti’n gael, medda Mrs Rowlands.’

Sgotyn? Mae ’na enw ar y peth afiach yr olwg o ’mlaen i? Powlen yn llawn o ddŵr berw efo darnau o fara stêl yn nofio ar y dŵr. Lwmpyn o fenyn a phentwr o bupur dros y cyfan. Debycach i chŵd na dim byd arall.

Dwi’n llwgu gymaint gwnaiff unrhyw beth y tro, jest ei fod yn llenwi twll. Llowcio gormod, llosgi ’nhafod. Mae’n brifo ac yn teimlo’n annifyr, garw fel tafod cath. Dim ots, ella ei bod hi’n well ’mod i’n methu blasu.

‘Hei, ti! Tyrd yma i glirio’r llestri ’ma.’ Mae Wiliam yn bangio’i blât ar y bwrdd efo bysedd hir ac ewinedd budr. ‘Yma i weithio wyt ti, cofia,’ gwena’n ddiog. Hen sinach hyll.

Mwy o olchi a chlirio. Dŵr y sinc yn gawl ffiaidd erbyn hyn a darnau anghynnes o fwyd yn nofio ar y top.

Dwi’n trio peidio meddwl am Mam, ond fedra i ddim.

‘Magi, brysia di i orffen hwnna rŵan,’ medda Neli yn glên, ‘a gei di ddod efo fi i ti gael ffeindio dy ffordd o gwmpas y lle ’ma.’ Mae hi tua deunaw oed, yn fyr a llond ei chroen. Wyneb lleuad lawn, gyda gwên gam a llygaid tywyll. O fewn dim mae

Neli wedi agor drws bach cudd yng nghefn y gegin a dilynaf hi i'r tywyllwch.

'Wel, tyrd â'r gannwyll 'na, siŵr iawn,' gwena.

6

Cysgodion hir ar hen feini. Cwyr chwilboeth ar fysedd amrwd. Y fflam yn crynu.

'Maen nhw'n deud bod y twneli cudd yma wedi'u hadeiladu r'un pryd â'r plasty – tua tri chan mlynedd yn ôl,' eglura Neli'n bwysig wrth i ni fynd heibio drws ar ôl drws. Y stafell fwyta ar y chwith. Drws stydi Mr Rowlands ydy hwnna ar y dde. Dydy hi ddim yn agor y drysau i mi gael gweld. Ofn cael ei dal yn busnesu, mae'n siŵr.

'Dyma sut ydan ni'r gweision yn symud o gwmpas y tŷ heb styrbio'r meistr, ti'n gweld. Dydy o ddim yn lecio cael ei styrbio.'

Grisiau'n troi i fyny ac i fyny. Yn uwch ac yn uwch. Un llawr, wedyn un arall, y cwbwl yn fy nrysu'n llwyr, fel twll cwningod. Ond yn fwy. Ac yn drewi o chwys.

'Fy stafell i ydy hon.' Ond eto, dydy Neli ddim am agor drws ei llofft i ddangos i mi'n iawn. 'Tyrd, fyny â ti,' wrjia Neli. I fyny fan'ma mae'r grisiau'n fwy cul a'r gwe pry cop yn fwy trwchus. Mae fy mhen i'n troi erbyn i ni gyrraedd yr atig.

'... A dyma dy stafell di,' medda Neli wrth estyn i mewn i'w pheisiau di-ri ac estyn goriad rhydlyd o'i phoced. Goriad mawr, hen ffasiwn, fel goriad eglwys. Ar ôl 'chydig o strach, llwydda i droi'r goriad yn y clo. A'r drws hynafol yn agor gyda gwichiad sy'n atgoffa fi o sŵn troed Nyrs Jenat. Daw ias i lawr fy nghefn. Mae chwa o awyr stêl yn rhuthro allan i'n cwrdd ni.

'Wnei di arfer ar ôl 'chydig,' medda Neli, 'ac o leia s'dim rhaid i ti rannu gwely'n fan'ma, fel oeddet ti yn y Wyrcws.'

Cysur Job. Cell ydy hon, nid stafell wely. Matres fudr ar y llawr, cerpyn o flanced. Dim ffenest, dim dodrefn. Llawr pren garw, a gwynt oer yn chwibanu rhwng y trawstiau.

Mae hi'n dywyll fel y fagddu. Er, ddim yn rhy dywyll i mi gael cip ar bentwr o faw llygod ar y llawr yn fflam denau'r gannwyll. Dwi'n teimlo rhywbeth meddal dan droed. Hen goban lwyd. 'Pwy bia hon?' medda fi, yn ei chodi i fyny.

'Neb. Tyrd â hi i fi.' Cythra Neli am y dilledyn

gan newid y sgwrs. 'Dyma lle mae'r morwynion o'r Wyrcws yn arfer cysgu.'

'Ond beth ddigwyddodd iddi hi,' dwi'n holi, 'y ferch oedd bia'r goban 'na?'

'Dianc wnaeth hi. Rhedeg i ffwrdd yn y tywyllwch. Dyna pam dydy Mrs Rowlands ddim yn trystio chi genod Gwag y Nos.'

Dianc? Dianc o beth? Chwys oer. Mae rhywbeth o'i le fan hyn. Dwi ddim yn siŵr beth eto.

'Tynna dy sgidiau a rho nhw tu allan i'r drws,' medda Neli. 'Dydy mileidi ddim eisiau colli morwyn fach arall.' Mae'n rhaid 'mod i wedi edrych yn flin. 'Ti'n lwcus i gael lle yn fan'ma, cofia,' medda hi'n ddifynadd. Doedd dim rhaid iddi hi ddeud bod unrhywle yn well na Gwag y Nos. O'n i'n gwybod hynny fy hun. 'Mewn â ti rŵan,' ychwanegodd, yn fwy caredig. 'Wna i agor y drws i ti am bump o'r gloch bore fory.' Aeth â'r gannwyll efo hi, cau'r drws a'i gloi yn benderfynol.

Dwi'n gorwedd yn y gwely tamp. Yn gweld dim. Y tywyllwch yn cau i mewn o 'nghwmpas i. Ddylwn i fod wedi arfer efo tywyllwch erbyn hyn ond mae'n dal i godi ofn arna i. Yn y nos, mae'r düwch yn pwyso ar fy nghorff a dwi'n methu anadlu.

Casáu'r tywyllwch.

Ar ben hynny, dwi wedi dechrau dychmygu pethau – bod ysbryd Mam yn trio dod i mewn. Ei bod hi'n ceisio troi bwlyn y drws.

Callia, Magi. Y gwynt ydy o. Dim ond y gwynt. Callia.

Ond dwi'n crynu o dan y flanced a chau'n llygaid mor sownd nes eu bod nhw'n brifo.

Dwi eisiau stopio meddwl. Dwi eisiau stopio cofio. Plis cwsg, tyrd. Tyrd.

7

‘Ti sy nesa.’ Tada’n chwerthin wrth daflu sach bigog dros fy mhen a finnau’n gweld dim. Wedyn mae o’n fy nhroi rownd a rownd fel top nes bod fy mhen yn drobwll. Ac yn sydyn mae’n fy stopio’n stond. Teimlo’n chwil, ansicr. Fy mreichiau allan o ’mlaen i.

‘Iawn. Ti’n barod? Ffwrdd â ti!’ medda Tada. Mae pawb yn galw arna i.

‘Magi … Magi Bryn Melys.’

‘Tyrd yma …’ mae rhywun yn chwerthin.

Wedyn rhywun arall. ‘Fan’ma ydw i …’

‘Na, tyrd draw fan’ma.’ Llais Deio ’mrawd ydy hwnna. Tada’n gweiddi chwerthin. Pawb mewn cylch o’m cwmpas yn pryfocio’n swnllyd.

‘Na, fan hyn,’ medda rhywun yn rhuthro heibio yn rhy gyflym i mi eu dal nhw. Mae pawb yn rhy gyflym i mi.

Yna mae 'na ffedog hir yn swisho heibio fy nghoes. Dyma fy nghyfle. Cythru. Dal rhywbeth. Rhywun. Dwi'n gafael yn dynn mewn braich denau, gryf.

'Hei! Wedi dy ddal di!' Tynnu'r mwgwd, haul cry' yn fy llygaid, a sŵn Mam yn chwerthin wrth iddi redeg yn rhydd o'm gafael.

Swper cynhaeaf. Bwyta llond ein boliau. Chwarae. Dawnsio. Chwerthin o fore gwyn tan nos. Diwrnod hapusa'r flwyddyn. A phawb yn y plwyf yn dathlu ar ôl tymor o waith caled. Y cypyrddau'n orlawn eto eleni. Digon i'n cadw ni drwy'r gaeaf, os 'dan ni'n ofalus.

Dwi'n sefyll ar y clogwyn. Machlud dros y môr yn troi popeth yn oren a phinc. Mae Mam yn wrjio rhywbeth i fy llaw.

'Dyma ti, Magi fach. Cacen afal.' Stêm yn codi, arogl sinamon ac afalau melys, cynnes. Brathiad poeth.

O fewn amrantiad mae'r byd o 'nghwmpas i'n newid. Popeth yn suro. Edrychaf i lawr ar y gacen ac mae'n pydru yn fy nwylo. Yn llwydo'n felys ac yn fudr. Ar y gorwel mae'r lliwiau'n tywallt allan o'r awyr. Pinc a melyn yn pylu ac yn troi'n llwyd. Yr haul yn lludw. Dwi'n ceisio troi rownd mewn braw i rybuddio'r gweddill fod rhywbeth mawr o'i le. Ond alla i ddim symud, dwi'n sownd yn yr unfan. Fel delw. Yn trio gweiddi ond does dim sŵn yn dod allan o 'ngheg.

Wela i'r criw ifanc sy'n dawnsio yng ngolau'r haul yn gweddnewid. Yn arafu. Mae popeth yn dod i stop, a wynebau fy nheulu'n toddi fel cwyr poeth.

Deffro'n chwys hallt. Fy nghalon yn curo. Y gwely'n oerwlyb.

Sŵn goriad yn y drws yn rhy gynnar o lawer.

O'r diwedd dwi'n cofio lle ydw i. Dyma ddechrau fy mywyd fel morwyn fach ym Mhlas Aberhiraeth.

8

Tua mis a hanner ydw i wedi bod yn gweithio yma, dwi'n meddwl. Dydw i ddim yn hollol siŵr. Anodd cofio. Yn Aberhiraeth mae pob diwrnod yr un peth. Heblaw am ddydd Sul. Mae hwnnw'n waeth.

A dydd Sul ydy hi heddiw. Finnau yn fy llofft, neu Y Twll, fel dwi'n galw fan'ma erbyn hyn.

Yn Y Twll. Dan glo. Tair gwaith bob dydd Sul, pan mae'r teulu'n mynd i'r capel, dwi'n cael fy nhaflu i'r llofft fel hen ddoli glwt fudr. Clep i'r drws. Goriad yn troi. Tywyllwch. Fy mol i'n glymau.

Dwi'n nabod y lle'n iawn erbyn hyn. Wedi hen arfer. Wel, gymaint ag y gall rhywun arfer â'r lle 'ma. Waliau cerrig tamp yn arogli fel madarch budr. Llawr pren garw yn sgriffio gwadnau 'nhraed i. Sŵn crafu llygod yn tyllu yn y sgyrtin. Croeso i 'nghartre i.

Mae'n siŵr bod y carchar 'ma'n well na gweithio. Sgwrio, golchi, smwddio, plygu. Gwaith diddiwedd. Ond mi ydw i wedi blino. Drwy'r dydd. Bob dydd. S'dim llonydd i'w gael gan Mrs Rowlands. Gwna hyn, gwna llall. Dydy o ddim digon da, byth yn ddigon da.

Fyddan nhw 'nôl toc. Mileidi a'r Meistr. 'Nôl o'r capel. Pobol Dduwiol ydyn nhw. Parchus. Byth yn pechu. Ond mae caethiwo yn bechod, tydy? Fyswn i ddim yn meiddio deud hynny wrthi *hi*, wrth reswm. Fyse 'mywyd i'n uffern wedyn.

Mae crac bach iawn, iawn yn y drws a daw'r llafn teneua o olau dydd i mewn. Dim digon i weld yn iawn, chwaith. Dwi'n dal yn hanner dall. Ond alla i glywed rhywfaint. Adar bach yn trydar a gwylanod yn sgrechian ar ei gilydd. Gwynt main mis Ebrill yn chwibanu drwy'r trawstiau.

Ond yna mae sŵn arall. Rhywbeth yn crafu yn y gornel bella. Llygoden fawr, mae'n siŵr. Ych a fi, rhaid i mi gael gwared ohoni. Os alla i jest ddefnyddio 'mysedd i deimlo rhwng y brics, fyddai wedi ffeindio'r twll a'i gau mewn dim.

Ar ôl ymbalfalu am dipyn dwi'n teimlo rhywbeth od. Rhywbeth gwahanol. Mae un fricsen fach yn y gornel, jest uwchben y sgyrtin, yn gam. Ac yn siglo. Yn symud y mymryn lleia. Digon i mi wybod bod hon yn cadw cyfrinach. Dwi'n crafu a chrafu'n wyllt efo 'mysedd am oesoedd nes bod fy ewinedd wedi'u treulio i'r byw. Ond o'r diwedd, mae'r mortar yn llacio a'r fricsen yn llithro allan yn hawdd.

Tu ôl i'r fricsen mae twll cul iawn, iawn. Diolch byth bod gen i ddwylo bach. Stwffio 'mysedd i mewn a thurio yn y llwch. Mae rhywbeth yna. Rhywbeth meddal. Cwdyn bach lledr, llithrig. Tynnu'r bag allan a'i agor.

Goriadau. Bwnsied trwm o tua hanner dwsin o oriadau. O bob maint a siâp. Mae un yn debyg iawn i oriad Y Twll.

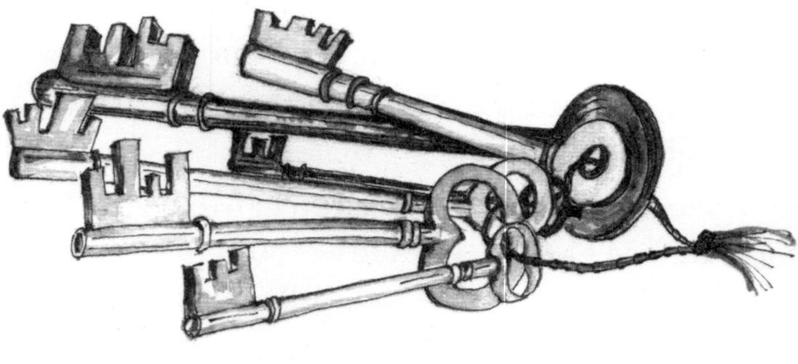

I mewn â'r goriad i'r clo. Mae wedi rhydu ac yn stiff ond ar ôl dipyn dwi'n llwyddo i'w droi a chlywed y clo yn clicio. Troi'r bwlyn wedyn a'r drws yn agor gyda'r wich arferol.

Ar ben y grisiau mae chwa o'r gwynt stêl 'na yn fy ffroenau. Anadlu'n ddwfn. Arogl rhyddid fydd hwn o hyn ymlaen. Ond cyn i mi fynd dim pellach dwi'n clywed sŵn i lawr yn y cyntedd.

'Pregeth ardderchog wir. Ardderchog ...' Llais Mr Rowlands.

Mae Mr a Mrs Rowlands yn ôl adre o'r cwrdd. Lwc owt. Pobol capel yn ordew ar weddi, wedi llyncu'r Beibl 'na yn gyfan – pob pennod ac adnod ar y cof. Ond beth am Mathew, pennod 19, adnod 14, 'Gadewch i blant bychain ddod ataf i.' Beth am honno? Dydy'r adnod yna ddim ar gyfyl eu Beibl nhw.

Damia. Mae 'na rywun yn dod i fyny grisiau. Neli'n dod i fy nôl i. Mae 'nwylo'n crynu, bysedd yn dew ac yn drwsgwl.

Brysia, Magi.

Mewn â fi i'r llofft. Cau'r drws. Cloi fy hun i mewn eto. Cuddio'r goriadau 'nôl y tu ôl i'r fricsen yn y wal jest mewn pryd. Fy nghalon yn pwmpio yn fy nghlustiau nes 'mod i'n fyddar.

Ond am y tro cynta ers wythnosau, nid ofn sy'n rhuthro trwy 'ngwythiennau i ond gobaith.

9

'Ti heb sgwrio'r crochan 'na'n iawn.' Safonau Cwc yn uchel heno. Yn enwedig efo jobsys pawb arall. Fel 'na mae hi bob nos Sul yn Aberhiraeth achos mae cymaint i'w wneud.

'Edrycha – mae 'na saim dros y badell 'ma i gyd. Gwna hi eto.' Mae Cwc yn flin fel cacwn, yn poeri ei gorchmynion ata i. 'Wedyn gei di baratoi stoc cyw iâr yn barod at fory ...'

Dwi'n gwybod be mae hynny'n feddwl – mae noson hir o waith o 'mlaen i.

'Pan ti'n tynnu'r cig o'r carcas, defnyddia bob tamaid. A chofia daflu digon o foron a nionod i mewn hefyd.'

Ydy hi'n meddwl 'mod i'n dwp? Dwi'n gwybod sut i wneud stoc.

'... A digon o bersli.' Dwi'n gweld dim heblaw

am ei cheg ddi-ddant. 'Fydd o angen berwi am awr neu fwy.'

Noson hwyr. Ddywedais i, yn do?

Methu aros. Methu aros. Mae amser wedi mynd mor ara' deg heno. A finnau fel gafr ar daranau. Cwbwl ydw i eisiau ei wneud ydy gorffen y gwaith diflas 'ma a mynd i fyny i'r Twll i astudio'r goriadau'n iawn.

Tybed pwy roddodd nhw yna? Neli? Naci, siŵr. Pwy 'ta? Y forwyn fach 'na redodd i ffwrdd? Ia mae'n rhaid. Hi sydd wedi gadael y goriadau er mwyn i minnau gael dianc hefyd. Wel, os ydy hi wedi llwyddo i'w heglu hi, ella bod 'na siawns i mi.

Ond mae 'na sŵn yn y gegin. Fydd hon yn noson hir.

'Eisteddwch chi yn fan'na, Mrs Rowlands.' Llais Neli ydy hwnna. 'Wna i 'chydig o de mintys i chi.'

Yn y briws ydw i, ond alla i sbecian drwodd i'r gegin trwy gil y drws. Wela i Mrs Rowlands yn eistedd ger y bwrdd, tra bod Neli yn rhoi'r tecell ar y tân ac estyn dail mintys wedi sychu.

Gwelw iawn ydy Mrs Rowlands ac mae hi'n mwytho'i bol. Mewn poen, mae'n amlwg. Sgwn i be sy'n bod? Swper Cwc yn pwyso arni hi, mae'n siŵr. Ac mae'n rhaid bod Cwc yn amau hynny hefyd, a hithau wedi'i heglu hi allan o'r gegin ar frys.

Dydw i erioed wedi gweld Mrs Rowlands yn ei choban o'r blaen, na'i gwallt yn hir ac yn rhydd a llipa dros ei hysgwyddau. Dyma'r tro cynta i mi ei gweld hi mewn gwendid hefyd. Dydy o ddim yn teimlo'n iawn i fusnesu rhywsut. Ond wrth sbio arni hi'n welw ac yn flêr i gyd, ei llygaid yn dyfrio fel gwynnwy a'i dwylo'n crynu wrth ddal y gwpan de, mae gen i biti drosti hi.

'Yfwch chi o i gyd, madam; wnaiff o les i chi.' Mae Neli'n nyrs dda.

Ond Mrs Rowlands ydy'r feistres, hi sy'n gosod y rheolau. Hi sy'n gorchymyn y gweision i fy nhrin i fel baw. Y bwyd ffiaidd 'na. A gorfodi Neli i 'nghloi yn Y Twll bob nos a phob dydd Sul tra bod y teulu yn y capel. Hi sy tu ôl i hynna i gyd. Felly, na, dydy hi ddim yn haeddu fy nghydymdeimlad i.

'Dyw'r te hyn ddim digon twym,' arthia'r feistres wrth daro'r gwpan fregus ar y bwrdd a gwneud i Neli neidio. 'Wnest ti ferwi'r degell, y dwpsen?'

'Do, Mrs Rowlands. Ond os dydy o ddim yn ddigon poeth, wna i baned mintys arall i chi ar unwaith.' Mae Neli'n ceisio'i gorau glas ond does dim byd yn plesio. Hyd yn oed yn ei gwendid, mae Mrs Rowlands yn deyrn.

Wrth iddi hi droi at y grât i brocio'r tân, mae Neli'n fy nal i'n sbecian drwy gil y drws. Mae hi'n gneud ystumiau i fi ddiflannu cyn i'r feistres 'ngweld i. Hen bryd i mi fynd yn ôl at y stoc.

Dwi'n dal yn benderfynol o drio'r goriadau heno, s'dim ots gen i pa mor hwyr fydd hi. Jest gobeithio y bydd Mrs Rowlands yn cysgu'n sownd yn ei gwaeledd. Dydw i ddim eisiau cael fy nal.

10

Llonydd o'r diwedd. Mae'r cloc mawr yn y cyntedd wedi taro un ar ddeg a finnau wedi 'nghloi i mewn yn Y Twll. Cyfri'r eiliadau nes bod Neli wedi mynd digon pell i lawr grisiau. Ydy, mae hi'n ei llofft o'r diwedd.

Mae'r fricsen fach yn llithro allan yn haws tro yma, a finnau'n gwybod yn union sut i estyn am y cwdyn.

Chwech goriad sydd ar y bwndel. O bob siâp. Mawr a bach, hen a hŷn. Mae tri goriad wedi plygu ac ambell un wedi rhydu. Hen haearn. Pob un yn arogli fel blas gwaed yn fy ngheg.

Y goriad mwyaf trwchus sy'n agor drws fy llofft. Dwi'n nabod hwnnw'n iawn. Yr un efo cinc bach cam. Ond beth am y gweddill? Pa ddrysau cudd maen nhw'n eu hagor? Wel, s'dim ond un ffordd o ffeindio allan.

Lapiaf fy siôl o amgylch y goriad yn y clo er mwyn boddi'r sŵn. Clic trwm. Gwich gyfarwydd. I ffwrdd â fi.

Mae chwa o'r arogl stêl arferol ar y grisiau, a 'chydig o oglau cabaij heno hefyd. Y düwch yn estyn amdanaf i. Mae'n rhaid i mi stopio crynu. Ai'r goriadau sy'n clecian, neu fy nannedd?

Stopia grynu. Stopia. Fydd Neli yn fy nghlywed i'n dod heibio'i stafell os nad ydw i'n rheoli'r crynu 'ma. Anadlu mewn. Un – dau – tri. Anadlu allan. Tri – dau – un. Mam ddysgodd hynna i mi pan oedd gen i ofn ers talwm. Mae o'n gweithio, gan amla.

Ar y gris uchaf mae Neli yn cuddio fy sgidiau i fel arfer. Ac ydyn, maen nhw yna, diolch byth. Sgidiau hoelion mawr swnllyd. Well i mi beidio'u gwisgo nhw tan ydw i allan o'r tŷ, felly dwi'n eu lapio nhw'n flêr yn fy siôl a'u cario nhw'n drwsgwl i lawr y staer.

Mae'r grisiau carreg yn anwastad, mae hi'n ddu bitsh ac yn beryg bywyd. Yn sydyn, dwi'n llithro ar y grisiau tamp. Colli 'ngafael ar y canllaw garw. Baglu dros tua chwech step a bangio'n swnllyd yn erbyn drws llofft Neli. Wnes i weiddi?

Stopio'n stond. Gwrando'n astud. 'Nghalon

i'n dyrnu. Mae hyd yn oed gwadnau fy nhraed yn chwysu yn eu sanau gwlan. Paid â deffro, Neli. Plis paid â deffro.

Ar ôl 'chydig, dwi'n clywed Neli'n chwyrnu uwchben sŵn y gwaed sy'n pwmpio yn fy nghlustiau. Ffiw!

Erbyn hyn, dwi yn y gegin. Fan hyn mae Cwc yn cysgu, reit wrth y drws cefn. Gwarchodwraig y gegin. Yn rhochian yn ei gwely. Mae hi'n cysgu lawr fan'ma rhag ofn i un ohonon ni sleifio yma i gael gwledd ganol nos, mae'n siŵr.

Gwyrdd tywyll ydy'r drws cefn. Trwm a chryf. Gwichlyd yr olwg. Drws carchar. Ac ar y drws mae dwy follt fawr gref, un ar y gwaelod a'r llall reit ar y top, a chlo clatsh trwm yn sownd wrth honno. Dyma fi, croesi bysedd.

Yn gynta, rhaid i mi agor y follt isaf yn ddistaw bach. Pwyll bia hi. Pwyll. Hollol stiff. Ceisio pwyso f'ysgwydd yn erbyn y drws. Ildio dim. Trio eto. Hwth cryf ac mae'r follt yn crafu agor efo gwichiad uchel fel sgrech tylluan.

Mae Cwc yn troi yn ei chwsg a tharo rhech swnllyd. A drewllyd. Dwi'n llwyddo i stopio fy hun rhag chwerthin jest mewn pryd. Doniol. Ond os wnaiff hi ddeffro, fydd o ddim yn jôc.

Rŵan y clo ar y follt uchaf. Mae'n rhy uchel i mi ond ar ôl rhoi stôl deircoes fach yn ddistaw wrth y drws a sefyll arni, dwi'n gweld yn well o lawer. Estyn y bwnsiad o oriadau trwm. Mae dewis o dri goriad allai ffitio – y mwyaf un, yr un rhydlyd neu'r un cam. Penderfynu mynd am yr un rhydlyd yn gynta.

I mewn â'r goriad. Ffitio fel maneg ond yn gwrthod troi. Na. Y mwya sy nesa, felly rhoi cynnig ar hwnnw. Rhy fawr. Tra 'mod i'n estyn am y trydydd goriad, mae Popi'r gath yn rasio'n wyllt trwy goesau'r stôl ar ôl llygoden fawr. Mae'n gymaint o sioc, dwi'n colli balans ac yn simsanu'n afreolus. Sibrwd trwy 'nannedd. 'Dos allan, Popi!' Ond y munud nesa, dwi'n colli 'ngafael ar y goriadau ac maen nhw'n syrthio ar y llawr carreg yn grensh aflafar. Digon swnllyd i ddeffro Cwc …

Rhech arall. Chwyrniad swnllyd. Ymlaen.

Goriad i mewn. Clic. Rhyddhad. Llithro allan i'r nos. Rhyddid.

11

Arogl eithin ydy'r peth cynta dwi'n sylwi arno. Oglau cynnes, trwm. Fel y gneuen goco wnaeth Taid ei darganfod ar y traeth un bore. Broc môr o bell i ffwrdd yn flewog o ddiarth. Cofio'r cyffro'n iawn pan falodd Taid y gneuen efo gordd. Llaeth coco'n ffrwydro allan. Arogl melys o wlad dros y môr na wela i byth mohoni.

'Be ti'n feddwl, Magi? Blasus?' gofynnodd Taid.

'Fel heulwen.' Dwi'n cofio'r neithdar 'na fel ddoe.

Roedd Taid yn lwcus efo broc môr. Casgen o olew unwaith. Ffidil. Cadair babi. Potel o frandi – ges i swig bach slei ond oedd o'n ffiaidd, yn blasu fel neidr 'di marw.

Weithiau roedd Taid yn *rhy* lwcus. Wnes i erioed holi gormod. Roedd 'na sôn bod amryw o Ben Llŷn yn denu llongau ar y creigiau garw efo goleuadau yn y nos. Dryllio llongau'n fwriadol. Ac aros i'r llanw ddod â'r trysor i'r lan. Ond fyse Taid byth yn gwneud hynna, na fyse?

Mwydro eto, Magi. Ti'n rhydd am y tro cynta ers wythnosau. Paid â hel meddyliau. Agor dy lygaid led y pen. Agor dy synhwyrau i gyd. Mwynha'r profiad.

S'gen i ddim syniad lle dwi'n mynd, ond dwi'n dilyn fy nhrwyn ac yn anelu am y môr. Efo pob cam mae arogl yr heli'n gryf ac yn gyfarwydd. Teimlad mor braf yw cael bod allan ac yn rhydd, hyd yn oed yn y tywyllwch.

Doedd gen i ddim ofn tywyllwch o gwbwl ers talwm. Dim nes i mi fynd i Gwag y Nos.

Nôl caws o'r llaethdy oeddwn i.

'Brysia. Dwi i ar fy ngythlwng fan hyn.' Pigog ydy Nyrs Jenat pan mae'n llwgu.

'Iawn,' medda fi. 'Fydda i ddim yn hir.' Trio bod yn ddewr. Doedd neb yn lecio mynd i nôl y caws. Dim eisiau dangos gwendid o flaen Nyrs Jenat.

Roedd y llaethdy'n damp ac yn dywyll. Drewi'n waeth na gweddill y Wyrcws. Heblaw am y toiledau. Rheiny oedd y gwaetha. Neu ella'r corffdy? Roedd digon o ddewis o lefydd annymunol yn Gwag y Nos.

Ta waeth, es i lawr yr ysgol i'r selar oer i nôl y caws heb boeni dim. Diniwed oeddwn i adeg hynny. A diofal. Heb sylwi nad oeddwn i wedi gosod y bachyn yn iawn er mwyn sadio'r drws yn agored.

Clep swnllyd wrth i'r drws gau y tu ôl i mi. Chwa o wynt main yn diffodd y gannwyll. Roeddwn i'n sownd yn y llaethdy tywyll, a chosyn mawr o gaws yn fy mreichiau.

'Help! Oes rhywun yna? Dwi'n styc. Helpwch fi, plis.'

Bloeddio a bloeddio i drio tynnu sylw. Ond doedd neb yn clywed. Mewn Wyrcws mae gymaint o weiddi a griddfan, s'neb yn gwybod pwy sy'n sâl, pwy sy'n wallgo, a phwy sydd angen help o ddifri. Ddylwn i ddim deud y ffasiwn beth, mae'n siŵr – achos roedd pawb angen help o ddifri. Ond wedi meddwl, mae'n siŵr bod y lle wedi'n troi ni i gyd yn dw-lal mewn un ffordd neu'r llall.

Sŵn crafu yn rhywle. Llygod mawr. Yn ordew ar gaws coch. Clywed nhw oeddwn i, wrth gwrs, allwn i ddim eu gweld nhw yn y düwch.

'Cerwch o 'ma. Ych a fi ...' a dwi'n eu cicio'n galed. 'Ffwrdd â chi.'

Daethon nhw'n agos. Sŵn eu ewinedd yn crafu ar y llawr carreg. Ac yna'n agosach. A'r hira'n byd roeddwn i yna, y mwya ewn oeddan nhw. Yn gynta, wnaeth un gripio gwaelod fy sgert wlân.

'Dos o 'ma'r sglyfaeth.' Wedyn un arall ac un arall, yn mentro'n uwch, eu crafangau'n halio'r brethyn llac. Erbyn iddyn nhw gyrraedd fy nghanol, gollyngais y caws sawrus o 'ngafael.

Dyna'r peth olaf ydw i'n ei gofio.

Elsi ddaeth o hyd i mi yn diwedd. O'n i mewn dipyn o stad yn ôl bob sôn. Ges i ddod allan o'r clafdy ar ôl deuddydd. Mae jest cofio'r ewinedd miniog a'r cyrff trwm, budr yn sgrialu drosta i yn codi cyfog hyd yn oed rŵan, flynyddoedd wedyn. Does dim syndod 'mod i'n casáu'r tywyllwch.

Ond mae'r düwch allan fan'ma heno yn llai brawychus. Yn fwy caredig. Cysurus. Ac yn arogli fel dillad glân yn sychu ar y perthi.

Dan draed mae'r mwd yn sugno'n gryf, fy nghoesau'n drwm a'm sgidiau'n suddo yn y slwtsh. Mae'n anodd cerdded yn iawn yn y gors fan hyn, ger yr afon. Ond cyn bo hir dwi allan o'r llaid ac yn teimlo brwyn cryf yn gwichian o dan gwadnau fy sgidiau.

Mewn 'chydig, tywod sydd dan draed ac mae'n llithro i mewn i fy sgidiau trwy'r tyllau. Arogl heli môr yn cosi fy ffroenau. Blas hallt yn llosgi 'nhafod. Sŵn y tonnau'n dyrnu yn fy nghlustiau. Y môr o'r diwedd.

Mae 'nhraed i'n brifo. Tynnu fy sgidiau trwm. Tynnu'r sanau gwlân, tamp, drewllyd. Teimlo'r tywod cynnes yn llifo rhwng bodiau budr fy nhraed ac yn eu glanhau. Dyna welliant.

Ymlacio'n llwyr.

12

'Dacw hi, draw'n fan'na!' Llais dwfn dyn mawr. 'Ar ei hôl hi!'

Lawr â fi i'r ddaear fel shot a chuddio yn y dwnan tywod. Mae 'na rywun am fy ngwaed i.

'Lawr i'r dwnan aeth hi.' Llais Wiliam ydy hwnna'n gweiddi. Dydy o erioed wedi fy nilyn i allan o'r tŷ?

'Ar ei hôl hi,' medda'r llall. 'Mewn â ti i'r twll, yr hen genau. Dwi'n barod y pen yma.' Dwi'n clywed terier bach yn sgrialu drwy'r tywod ac o'r diwedd yn sylweddoli be sy'n mynd ymlaen.

Hela cwningod maen nhw, dim chwilio amdandana i. Diolch i'r drefn.

'Damia, mae hi 'di dianc. Un dew hefyd.' Yn ei dempar mae Wiliam yn cicio'r terier i lawr y dwnan a hwnnw'n ielpian. Bechod.

'Duw, hidia befo, Wil. Gynnon ni ddigon. Mae o leia dwsin o gwningod yn y sach 'ma,' medda'r llall. 'Digon o gig i lenwi pastai Rowlands Aberhiraeth am ddyddiau.'

'Ia, mae'r meistr yn lecio'i fwyd. A digon ohono fo.' Llais Wiliam eto. 'Yli, paid ti â meiddio deud wrth Cwc 'mod i allan yn potsian efo ti heno.'

'O, mae Catherine yn dallt yn iawn, siŵr. Dydy hi byth yn holi rhyw lawer, a 'dan ni'n dipyn o fêts,' medda'r un mawr yn brolio.

'Ia, ia, duda di, Huw ... Ta waeth, cofia godi pris go lew arni. Digon i brynu peint neu dri i ni yn Penlan Fawr nos fory.'

Peth nesa, dwi'n cael sioc trwy 'nhin. Mae rhywbeth oer wrth fy nghlust. Trwyn gwlyb y terier. Ei anadl yn ddigon i wneud i mi gyfogi.

Shhh. Ci da. Paid â chyfarth. Paid. Plis, paid.

'Ydi'r ci 'na ar ôl cwningen arall?' medda Wiliam yn camu'n agosach ata i gan estyn ei lusern yn uchel.

'Anghofia fo, Wil. Tyrd. Awn ni.' Chwiban awdurdodol. Dau fys yn ei geg. Ac i ffwrdd â'r terier bach ufudd ar ôl ei feistr.

Lwcus yn fan'na.

Felly, jest i mi gael dallt, mae Wiliam yn potsio. Yn hela cwningod ar dir y meistr a'u gwerthu nhw i Cwc, ac mae honno'n gwneud pasteiod cwningen a'u bwydo nhw i'r meistr. Dydw i ddim eisiau cyfaddef, ond mae hynna'n eitha clyfar.

Beth bynnag, peth da ydy cael darganfod ambell gyfrinach fach fudr gweision Aberhiraeth. Mae'n siŵr o ddod yn handi ryw ddiwrnod.

Os ydy'r plasty'n rhywbeth tebyg i Gwag y Nos, mae pawb wrthi. Dwyn bwyd. Cymryd glo. 'Menthyg' dillad. Byddai Bessie, un o'r gwragedd oedd yn helpu yn Gwag y Nos, yn 'menthyg' dillad byddigions o'r golchdy bob cyfle gâi. Ond roedd Nyrs Jenat wedi amau rhywbeth ers wythnosau. Felly un tro, pan oedd Bessie ar ei ffordd adre, ac yn edrych dipyn tewach nag oedd hi'r bore hwnnw, stopiodd Nyrs Jenat hi wrth y giât.

'Ti wedi twchu ers bore 'ma, Bessie,' medda Nyrs Jenat. 'Be ti'n guddio o dan y siôl 'na?'

Roedd rhaid i Bessie dynnu ei siôl. Wedyn tynnu bob dim arall. Gwisgai dri chrys, dwy sgert frethyn, tair pais a dwn i ddim faint o blwmers. Dim syndod ei bod hi wedi magu pwysau!

Wel, mi chwarddon ni am hynna. Ond doedd o ddim yn ddoniol. Cafodd Bessie ei chwipio'n ddidrugarog efo gwialen fedw gan Nyrs Jenat. O flaen pawb yn y Wyrcws. Chafodd hi erioed job arall yn y dre ar ôl hynny. Ac oni bai fod Mr Watkins wedi achub ei cham, byse Bessie druan wedi mynd i'r carchar. Neu waeth. Glywais i am hogyn gafodd ei hel i ochor arall y byd am ddwyn torth o fara. Ond pan wyt ti'n dlawd ac yn llwgu, wnei di rywbeth am damaid o fwyd, a meddwl dim am gymryd risg.

S'gen i ddim syniad faint o'r gloch ydy hi erbyn hyn. Mae'r awyr yn dal yn ddu reit uwch fy mhen, ond mae'r sêr yn dechrau diffodd a stribed o olau yn meddalu'r gorwel. Fydd hi'n gwawrio cyn bo hir. Dydy Aberhiraeth ddim yn bell rŵan.

Yn sydyn, mae rhywbeth yn tynnu fy sylw. Golau gwan yn fflachio yn y tywyllwch o gyfeiriad y stabal. Be ydy o?

Dim seren, mae'n rhy isel. Ac yn rhy agos. Na, golau cannwyll ydy honna. Fflam denau'n gwingo.

Mae rhywun ... neu rywbeth yn y stabal.

Dydw i ddim eisiau gwybod be sy 'na. Gormod o ofn. Rhuthro adre i Aberhiraeth heb edrych yn ôl.

13

Pnawn 'ma, wrth olchi fy nillad isaf yn y cefn, dwi'n cael fy nal gan Neli.

'Ti 'di dechrau'r misglwyf, do?' Wel, mae hynny'n eitha amlwg, a finna'n golchi'r clytiau a'r dŵr 'di troi'n goch. Deud dim.

'Dwi'n cofio cael poenau ofnadwy yn fy mol pan ddechreues i waedu.'

O na, Neli, dim un o'r sgyrsiau personol yna, plis. Gwneud i mi deimlo'n annifyr.

'Peth gorau ydy bricsen gynnes wedi'i lapio mewn siôl. Rho honno ar dy fol yn y nos i helpu'r boen.'

'Iawn,' medda fi. Chwarae teg, trio helpu mae hi, mae'n siŵr.

'Mae gen i siôl sbâr gei di fenthyg, os ti eisiau,'

cynigia Neli. 'Ac mae 'na ddigon o frics allan yn y cefnau 'ma.'

'Diolch, Neli.' Mae hi'n amlwg eisiau bod yn ffrindiau.

'Gei di holi fi am unrhyw beth fel'na, cofia. Rhaid i ni enethod helpu'n gilydd, yn does, a ninnau'n dwy wedi colli ein mamau, yndê.'

'Oes, mae'n siŵr.' O'n i ddim yn disgwyl iddi sôn am Mam rŵan. Mae jest meddwl amdani'n boenus. Trio newid y pwnc. 'Be ddigwyddodd i dy fam di 'ta?'

'Wnaeth Mam farw pan o'n i tua dyflwydd. Teiffoid. Dwi ddim yn ei chofio hi o gwbwl. Ailbriododd 'Nhad ac ar ôl hynny o'n i ar bigau'r drain eisiau gadael gartre.' Roedd Neli wedi cael mwy na'i siâr o anlwc hefyd. Fel ni i gyd.

'Lle est ti wedyn?' dwi'n holi wrth rowlio 'nillad gwlyb trwy'r mangl.

'Es i i weini i'r ficerdy yn ddeuddeg oed. A dwi yma yn Aberhiraeth ers tua pedair blynedd.' Ro'n i'n meddwl ar y cychwyn ei bod hi'n dipyn hŷn na fi, ond dydy hi ddim, felly. 'Mae'n iawn yma'n Aberhiraeth tydy, pan ti 'di arfer.'

Wel, dwi'm yn cytuno efo hi ond yn nodio jest r'un peth.

'Ydy'r Wil hyll yna wedi bod yn dy haslo di? Mochyn o ddyn.'

‘Ia, mae o’n reit annifyr, tydy,’ medda fi. ‘Mae jest meddwl amdano yn codi pwys arna i. Yn sbio ar bopeth dwi’n neud.’

‘Yndi, mae o’n sbio arnan ni i gyd.’ Mae Neli’n cytuno. ‘Paid ti â’i drystio fo o gwbwl, Magi. Hel clecs mae o. A dwi’n gwbod yn iawn fod bob dim mae o’n glywed yn mynd yn ôl at Mrs Rowlands, gwir neu beidio.’

Hel cyfrinachau budr. Dyna lle mae ’i bres cwrw fo’n dŵad felly. Hynny, a potsio, wrth gwrs.

‘Sinach, tydy,’ cytunaf inna.

Ond rhywbeth arall sy’n chwarae ar fy meddwl i heno. ‘Neli, ti’n gwbod os oes ’na ysbrydion yma’n y plasty … neu ella yn y … stabal?’ Dwi’n trio bod yn ffwrdd-â-hi.

‘Dwn i ddim, w’sti. Mae’r plasty’n lle crîpi, tydy.’ Mae Neli’n crynu, fel tasa rhywun wedi cerdded dros ei bedd hi. ‘Ond s’gen i ddim syniad am y stabal, yndê. Mi welis i oleuadau allan yn y caeau unwaith. Cannwyll corff, medda nhw. Roedd Ned, yr hen arddwr, newydd farw – ei enaid o’n aflonydd, mae’n siŵr. Dim eisiau gadael y tatws i bydru yn y pridd!’

Cannwyll corff. Tybed ai dyna oedd yn y stabal?

‘Ers talwm, pan oeddwn i yn y ficerdy, roeddan ni forwynion yn credu pob math o ofergoelion, w’sti.

Pethau gwirion fel pwy sy'n dy garu di a ballu.' Mae Neli yn bell i ffwrdd 'nôl yn ers talwm erbyn hyn.

'Unwaith y flwyddyn, ar noson Calan Gaeaf, maen nhw'n deud y gelli di weld pwy fyddi di'n ei briodi. Gweld dy ddarpar ŵr yn y drych efo golau cannwyll. Wnaethon ni drio unwaith. Berfeddion nos oedd hi. Wna i byth anghofio be ddigwyddodd. Anni aeth gynta. Eisteddodd hi o flaen y drych. Goleuo llusern a hwnnw'n mygu. Yn y golau gwan, gwelodd Anni wyneb gwelw yn y drych. Roedd rhith wedi ymddangos tu ôl iddi hi drwy'r mwg. Gawson ni gymaint o fraw, sgrechiodd y tair ohonon ni, baglodd Anni, a malodd y drych ar y llawr yn rhacs jibidêrs.

'Rhuthrodd Mr Harris y ficer i mewn yn gweiddi nerth esgyrn ei ben. "Rhag eich cywilydd chi, ferched, yn gwawdio'r diafol," medda fo, yn poeri geiriau. Roedd ei wyneb yn wyn fel y galchen. Welis i erioed ddyn wedi dychryn gymaint.

'Wrth gwrs, wyneb y ficer oedd Anni wedi'i weld yn y drych. Wel, chwarddon ni drwy'r noson honno yn dychmygu bod yn wraig i beth hyll fel hwnnw. Y dannedd melyn ... yr anadl gas 'na.

'Ond dim dyna ddiwedd y stori, 'sti. O fewn chwe mis, roedd Anni a'r ficer wedi priodi. Od hynna, yndê? Bod yr hud dieflig wedi gweithio. Ac ar y ficer o bawb. Wnes i adael cyn ei bod hi'n feistres arna i.'

Tra bod Neli'n hel atgofion, dwi'n mentro holi, 'Oeddet ti'n ffrindiau efo'r forwyn fach 'na yn yr atig, Neli?'

'Rwth? Peth bach annwyl oedd hi. Hogan gry'. Byr am ei hoed. Dwn i ddim pam, ond dydy Mrs Rowlands byth yn cymryd at y genod sy'n dod o'r Wyrcws. Dyna pam mae hi'n mynnu ein bod ni'n cloi ...'

'A beth y'ch chi'ch dwy yn ei wneud fan hyn?' Mae llais tawel, bygythiol y tu ôl i ni.

'Dan ni'n troi ar ein sodlau mewn braw wrth i Mrs Rowlands ymddangos yn sydyn. 'Yn clebran, a chithe i fod yn sgwrio dillad.' Mae pen y feistres yn siglo fel iâr, ei thrwyn yn big coch. 'Mae Wiliam yn llygad ei le – pethe diog ac ewn y'ch chi'ch dwy, yn bradu amser fan hyn.'

Damia, oedd Wiliam wedi bod yn clustfeinio ar ein sgwrs, a ninnau wedi bod yn clebran amdano fo gynnau? Roedd Neli yn iawn – mae o'n gachgi.

'Ry'ch chi'n cymeryd mantais o fy nghharedigrwydd i dro ar ôl tro,' ychwanega Mrs Rowlands wrth edrych i fyw fy llygaid nes eu bod nhw eisiau meddalu. Ond dwi'n gwrthod ildio, gwrthod edrych i lawr. 'Rwy'n disgwyl dim gwell gan y pwdryn hyn o Gwag y Nos,' medda hi. 'Ond ti, Neli.' Mae'n troi i wynebu Neli, ei llais addfwyn yn frawychus o fygythiol. 'Ti wedi fy siomi yn fawr iawn, iawn.'

'Wiliam. Sinach. Ddudish i'n do.' Dyma oedd geiriau diwetha Neli cyn i ni gael ein hel allan i garthu'r twlc mochyn.

14

Ches i ddim cyfle i sleifio allan neithiwr, ar ôl yr holl helynt 'na. A bore 'ma ro'n i dal i ddrewi o gachu moch.

Felly rŵan dwi'n fan hyn, wrth y pwmp dŵr allan yn yr iard gefn, yn sgwrio fy sanau gwlân drewllyd efo dŵr oer a sebon coch. Does gen i'r un pâr arall a cha' i ddim cyfle i sychu rhain, felly traed gwlyb am weddill y dydd. Ych a fi.

Ar y ffordd i'r llaethdy i wneud menyn ydw i. A dwi wrth fy modd yn gwneud menyn ffres. Fi oedd yn corddi menyn gartre yn Bryn Melys. Fy job i oedd honno. Fi a neb arall. Dwn i ddim pam – digon o amynedd, am wn i. A digon o gyfle i hel meddyliau.

Yn Aberhiraeth mae angen lot fawr o fenyn. Hynny yn siwtio fi i'r dim. Dwi'n tywallt chwart o hufen wedi suro i mewn i'r fuddai fawr. Hufen wedi suro sy'n gwneud y menyn gorau. Ar ôl cau'r gasgen, dwi'n troi a throi'r fuddai am hydoedd nes bod fy mreichiau'n ddiffrwyth. Mae o fel hud a lledrith: ti byth yn siŵr pryd y daw'r menyn, os daw o gwbwl.

Ond y pleser wedyn, pan mae'r menyn yn dechrau dod at ei gilydd a sŵn y lwmpyn yn cnocio y tu mewn i'r fuddai bren. Digon o halen môr a'i siapio efo clapiau menyn cyn ei roi yn rhan oera'r llaethdy.

Adre ers talwm, wnaeth Tada naddu stamp pren efo ysgub wenith wedi'i cherfio ynddo – gwenith Bryn Melys. Roedd pawb yn y farchnad yn gwybod o ble oedd y menyn yn dod wedyn. A'r cwbwl wedi'i werthu cyn te deg.

'Magi, brysia efo'r menyn 'na, wnei di.' Mae Cwc yn arthio drwy'r ffenest gefn. 'Dwi angen hanner pwys i wneud teisen i de. A tyrd â phiser o laeth enwyn tra wyt ti allan yna.'

'Iawn,' medda fi, yn cofio lle ydw a pham dwi eisiau dianc.

Heno, dwi am drio mynd allan eto. Bod yn ddewr. Rhaid i mi gael gwybod be sy yn y stabal. Fydd 'na ddim ysbryd yno. Bendant. Does dim fath beth ag ysbrydion. Ac os oes 'na, dydyn nhw ddim angen golau cannwyll.

15

Felly dyma fi unwaith eto, o dan y sêr yn dringo wal gerrig ger y stabal er mwyn i mi allu gweld drwy'r ffenest. Ar fy mhedwar. Cam wrth gam llithrig i fyny'r cerrig at y twll yn y wal.

Dim ond cipolwg sy gen i drwy'r ffenest. Mae Seren y ferlen fach ddu'n gorwedd ar y llawr yn y stâl bellaf a'r ceffyl gwedd yn y stâl drws nesa iddi hi. Maen nhw'n edrych mor gynnes a chysurus yn y gwair.

Ond daw sŵn sgrech uchel o rywle yn y nos. Llwynog. Mewn eiliad, mae Seren yn neidio ar ei phedwar yn anniddig, yn dechrau cicio drws y stâl efo'i charnau bach caled. Mae hi wedi dychryn, yn gweryru'n wyllt.

'Dere nawr, Seren fach, cadno o'dd e, dyna i gyd.'

Bachgen sy 'na, 'chydig yn hŷn na fi, tua r'un oed â Deio 'mrawd.

Mae'r bachgen yn camu'n bwyllog at Seren, sydd wedi cynhyrfu'n llwyr, yn estyn ei law ati ac yn dechrau mwytho'i phen yn dyner.

'Dere di. Ma fe wedi mynd nawr.' Yn araf iawn, yng ngolau'r fflam denau, mae Seren yn ymdawelu wrth i'r bachgen ei mwytho a sibrwd yn ddistaw yn ei chlust.

Mae fel petai Seren o dan ryw fath o swyn. Mewn 'chydig, mae Seren yn gorwedd i lawr yn y gwellt, cau ei llygaid a chysgu'n drwm. Dwi'n cofio bod Gwyn Penrhyn yn dda am ddofi ceffylau gwyllt, ond welis i erioed ddim byd tebyg i hyn.

Mae'r llanc yn aros efo Seren am 'chydig, wedyn yn mynd yn ôl at ei swper o fara a chaws. Dwi'n codi 'mhen er mwyn gweld yn well. Hogyn pryd golau, cryf a chyhyrog. Golygus. Mae'n naddu rhywbeth efo'i gyllell boced. Mae hwn yn gallu gofalu amdano'i hun, ddwedwn i.

Ar ôl 'chydig, mae arogl yr anifeiliaid a llwch y stabal yn dechrau cosi fy nhrwyn. Mae ceffylau a chathod yn gwneud i mi disian bob tro. Paid â thisian, paid â thisian …

'Aaaaatishwwww!'

Damia. O'dd hwnna'n swnllyd.

16

Prin eiliadau mae'n gymryd i'r bachgen ruthro allan o'r stabal. Ac erbyn i mi sgrialu i lawr i waelod y cerrig garw, mae o wedi 'nal i.

'Dere 'ma, glou,' medda fo wrth afael yn dynn yn fy mraich a'm llusgo'n frwnt tuag at ddrws y stabal. Dwi'n trio strancio a llacio'i afael, ond mae o'n gryf a lot mwy na fi. Dyrnaf ei frest efo fy llaw arall. Gwastraff amser. Ac egni.

'Smo ti'n gryf iawn, wyt ti!' medda fo dan chwerthin, gan fy ngwthio i mewn i'r stabal a 'nhaflu ar y gwellt. 'Pwy wyt ti 'te?' medda fo wedyn, yn fusnes i gyd. 'A beth ti moyn?' Acen y de. Mae hwn yn bell iawn o adre.

'Dwi'n byw yma,' medda fi, yn llawn ffug hyder. 'Yn y plasty. Aberhiraeth. Pwy wyt ti?'

Ond s'dim angen bod ofn. Mae'n edrych yn

fachgen digon diniwed, a deud y gwir. Wyneb annwyl, golwg 'chydig ar goll arno fo. 'Idris ... o gyffinie Llanrhystud.'

Yna mae ei wyneb yn llacio, ei osgo yn newid, ei ddewrder gynnau wedi diflannu. 'Ond dwi mewn trwbwl. Trwbwl mawr,' medda fo'n dawel wrth eistedd i lawr ar y gwellt wrth f'ochor i.

'Fydda inna mewn trwbwl hefyd os ga i 'nal allan yn y nos,' medda fi'n ysgafn, yn trio codi'i galon. 'Magi ydw i, Magi Bryn Melys. Morwyn fach yn y plasty 'ma.' 'Chydig iawn o sylw mae Idris yn gymryd; prin mae o'n gwrando. Mae rhywbeth arall yn chwarae ar feddwl hwn.

'Be ti'n neud yn cuddio'n fan'ma, Idris?' Mae o'n sgleinio i gyd. Yn chwysu ofn.

'O'dd e i gyd mor gyflym. Dwi'n cofio gweld y meini'n llithro a Twm yn sgrechian. Ond s'da fi ddim syniad beth ddigwyddodd wedyn 'ny,' medda Idris yn frysiog, a'r atgofion cas yn byrlymu allan. Erbyn hyn, mae o'n bell, bell i ffwrdd mewn rhyw uffern bersonol. 'Peth nesa dwi'n gofio yw rhedeg a rhedeg. Wnes i ddim aros i helpu Twm. A fe yw'n ffrind gore i. Sa i'n gwbod os yw e byw neu farw.'

'Idris, ara' deg, ara' deg. Does gen i'm syniad am be ti'n sôn,' medda fi'n bwyllog. 'Well i ti ddechrau'r hanes reit o'r dechrau. A cym dy amser.'

'Iawn.' Anadl ddofn. 'Nafi 'yf i, 'da'r criw sy'n adeiladu'r rheilfordd newydd i Bwllheli.'

'Lein y Cambria. Mae hi bron 'di gorffen, tydy?'

'Odi. Dim ond tua pythefnos o waith sydd ar ôl nawr a byddwn ni wedi cwpla,' medda Idris wrth dynnu gwelltyn hir o'i wasgod lychlyd a dechrau sugno arno.

'Ers faint ti 'di bod yn gweithio ar y Lein?'

'Tua tri mis, siŵr o fod. Ddath Twm a finne lan 'da'n gilydd o Lanrhystud.'

'Felly dach chi'ch dau'n hen ffrindia?' dwi'n holi.

'Cyfeillion bore oes.' Mae Idris yn gwenu wrth gofio. 'Mae Twm wedi ca'l fi mas o drwbwl sawl gwaith.' Diflannodd y wên. 'A nawr fi wedi'i fradychu fe. Wna i byth fadde i mi fy hun.'

'Pa fath o drwbwl?' Dwi'n ei annog i gario 'mlaen.

'Mae gen i wendid, ti'n gweld,' medda fo'n bwyllog. 'Dwi'n syrthio weithie, yn crynu i gyd. Cael ffitie.' Wrth egluro, mae Idris yn crafu ei fraich yn hegar nes bod y croen yn streipiau coch. Sylwi dim. 'Sa i'n gwbod pryd ma fe am daro fi. Sa i'n cofio dim wedyn.'

'Be? Dim byd o gwbwl?' dwi'n rhyfeddu. Dwi erioed wedi clywed am y gwendid yna o'r blaen. Ac roedd pob math o salwch yn Gwag y Nos.

'Nagw. Cofio dim. Dim ond beth mae Twm yn

’i ’weud wrthof i.’ Mae Idris yn dal i grafu ei fraich wrth egluro. ‘Mae e’n deall yn iawn, ’whare teg iddo fe. Fe sydd wedi’n helpu fi i gwato’r salwch rhag y fforman. Fydden i byth wedi cael joban Nafi ’da salwch fel’ny, t’weld. Rhy beryglus.’

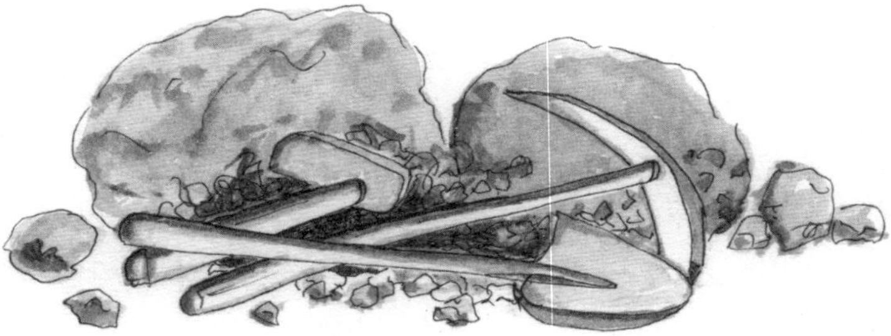

O’r diwedd, dwi’n dechrau dallt be sy ’di digwydd. Mae’n rhaid bod gweld y ddamwain fawr a’r meini yn rowlio tuag at Twm wedi bod yn ddychrynllyd. A’r sioc wedi achosi i Idris gael un o’r ffitiau ’na. Erbyn i Idris ddod at ei goed, doedd o’n cofio dim. Yn beio’i hun am y ddamwain a’i heglu hi o ’na heb edrych ’nôl.

‘Felly redest ti i ffwrdd ar ôl damwain Twm?’

‘Do, mwya’r cywilydd,’ ateba Idris, a’r chwithdod yn amlwg ar ei wyneb. ‘Sa i’n gwbod os yw e’n iawn. Os yw e’n dal yn fyw, hyd yn oed. Twm, druan.’

Job beryglus, labro efo’r Nafis. Lot o ddamweiniau. Dim ond y rhai lwcus sy’n cyrraedd ’nôl adre yn un darn. Ambell un byth yn cyrraedd

’nôl, wedi’u claddu yn sylfeini’r trac yn ddistaw bach, heb i neb sylwi.

S’dim syndod bod Idris ofn drwy’i din – bydd y fforman am ei waed o am redeg i ffwrdd. Ar y blaclist. Chaiff o ddim gwaith labro yr ochor yma i Lerpwl.

‘Ti’n meddwl eu bod nhw ar dy ôl di?’

‘Ydw. Mae’r fforman yn gythrel. Gwyddel. Caled. Peryglus. Laddith e fi.’

17

‘Deffra’r gnawes fach ddiog,’ medda Wiliam wrth gicio ’nghoes i o dan y bwrdd. ‘Neu’n syth yn ôl i’r Wyrcws ’na ei di.’

Pendwmpian oeddwn i. S’dim syndod, chwarae teg. Ar ôl i Idris ddeud y stori i gyd neithiwr, roedd hi bron â gwawrio, a finna’n sleifio i’r plasty jest cyn i Cwc godi o’i gwely chwyslyd. Ac erbyn hyn mae hi’n amser te pnawn a’r blinder wedi ’nharo i.

‘Estyn y cig moch o’r pantri, wnei di, Magi?’ Neli ydy’r clenia ohonyn nhw, chwarae teg. ‘Fydd y meistr adre’n hwyr o’r seiat heno ac eisiau ei swper o flaen y tân. Felly gwna di bentwr go dda o frechdanau. Dim gormod o fwstard chwaith, cofia.’

Lwcus. Ga i gyfle i guddio ’chydig o ham a bara ym mhoced fy ffedog er mwyn mynd â rhywbeth i Idris i’w fwyta’n hwyrach ymlaen heno.

Wrth dorri bara, dwi'n mentro holi, 'Wyt ti'n gwbod pryd fydda i'n cael fy nhalu, Neli?'

'Be ti'n feddwl?'

Mae'n amlwg be dwi'n feddwl, tydy? 'Wel, pa bryd fydda i'n cael cyflog?' dwi'n egluro.

'Does neb wedi sôn wrthat ti, nagoes?' medda Neli. 'Dydy genod Gwag y Nos ddim yn cael tâl. Mae Mrs Rowlands yn meddwl bod bwyd a llety yn ddigon i chi.'

'Ond dydy hynna ddim yn deg,' dwi'n hisian rhag ofn i rywun arall glywed. 'Dwi'n gweithio'n galed yn fan'ma!'

'Ia, wel, fel'na mae hi a fel'na fydd hi yn Aberhiraeth, Magi. Dydy bywyd ddim yn deg, nac ydy – ti'n gwbod hynny cystal â neb.'

Dim tâl? O gwbwl? Dwi'n gandryll. Felly dwi'n slafio fan hyn o fore gwyn tan nos am ddim dimau goch. Cael bwyd a llety? Atig ddu bitsh a bwyta sbarion pawb arall? Mae'r mochyn yn y twlc yn cael gwell lle na fi.

Dwi 'di gwylltio cymaint mae 'mhen i'n chwilboeth, a dwi eisiau ffrwydro fel tecell 'di berwi.

Wel, os nad ydw i'n cael cyflog, yna gymra i be fedra i tra dwi yma … gan ddechrau efo swper Mr Rowlands. Felly dyma fi, yn gwneud pentwr anferth o frechdanau cig moch yn unswydd i ddwyn eu hanner nhw. Lwcus bod Neli wedi fy rhybuddio bod Mr Rowlands yn casáu mwstard poeth! Plastro'r stwff yn drwch dros yr ham – a 'chydig mwy am lwc dda. Biti na fydda i'n cael y pleser o weld ei wyneb yn troi'n goch-biws pan fydd o'n brathu i ganol y brechdanau tanllyd yma.

Mae'r ham yn dda, yn hallt â chroen melys, yn boeth o'r popty.

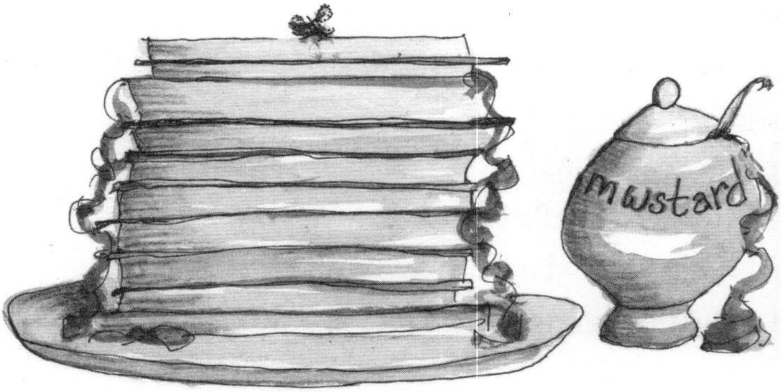

Tada oedd yn paratoi ein cig moch ni ers talwm. Lladd mochyn yn y cae cefn, ei halltu a rhannu'r cig efo'r teuluoedd eraill. Doeddan ni byth yn talu am ryw lawer o ddim byd. Rhannu neu ffeirio popeth oeddan ni'r tyddynwyr. 'Chydig iawn o geiniogau welis i'n cyfnewid dwylo erioed.

Wna i byth anghofio diwrnod lladd mochyn.

Gwich uchel yn cario'n bell. Yn treiddio reit i mewn i'm 'mhenglog tyn. Dim ots be o'n i'n wneud – mynd yn bell i ffwrdd, lapio siôl rownd fy mhen, sticio 'mysedd yn fy nghlustiau – doedd dim dianc rhag y wich annaerol yna.

Dwi'n cofio un flwyddyn yn arbennig. Roeddan ni blant wedi bod yn bwydo'r hwch ers misoedd. Honno'n pesgi'n braf o fis i fis. Dando oedd ei henw hi. Peth blewog, pinc â chlustiau meddal. Roedd hi'n bwyta popeth: sbarion, croen tatws, cabaij. Erbyn y diwedd, pan oedd hi'n cerdded, roedd hi'n woblo i gyd. Lwmpyn mawr o saim yn crynu ar goesau matshys tenau.

Pan ddaeth yr amser, roedd Dando'n gwichian yn uwch na'r un mochyn arall. Gwirion oeddan ni blant yn ei dofi hi fel'na, achos mae'n anodd iawn bwyta rhywbeth efo enw.

Wnes i wrthod yr ham am wythnos gyfan. Ond pan ti'n llwgu, wnei di fwyta unrhyw beth yn y pen draw. Wnaethon ni erioed enwi'r moch ar ôl hynna.

'Aawwww!' Mae Cwc yn tynnu 'ngwallt i nes bod fy mhenglog ar dân. 'Peidiwch!'

'Rho hwnna 'nôl. Rŵan.' Mae hi wedi fy nal i'n

sleifio brechdanau Idris i boced fy ffedog. 'Chei di ddim swper heno, y lleidr barus.'

Llwgu felly. O leia dwi wedi arfer. Ges i ddigon o gyfle i ddod yn gyfarwydd efo stumog wag yn y Wyrcws. Does dim syndod mai *Gwag* y Nos ydy enw'r lle.

Ond sylwodd hi ddim ar y mwstard trwchus ym mrechdanau Mr Rowlands, diolch byth. Felly fydd hwnnw'n diodde heno hefyd!

Mae sŵn fy mol yn grwgnach yn uchel. Dwi ar fy nghythlwng. Ond dwi'n poeni dim. O'r diwedd mae gen i ffrind. Idris.

18

'Dal ei mwng hi! Yn dynnach!' Prin ydw i'n clywed gorchmynion Idris uwchben sŵn carnau Seren yn dyrnu dros y tywod gwlyb yn y tywyllwch. 'Ti yw'r bòs, Magi,' dwi'n meddwl mae o'n ei weiddi ar fy ôl i cyn i wynt y nos chwipio'r geiriau i ffwrdd.

Mae Seren yn carlamu fel … wel, fel seren wib. A minnau ar ei chefn hi, un llaw yn gafael yn y cyfrwy a'r llall yn tynnu ei mwng hi. Dwi'n cael fy nhaflu i fyny ac i lawr, yn fflapio yn y gwynt. Ond mae'n deimlad anhygoel – pŵer aruthrol ceffyl chwim.

Ar ôl 'chydig, 'dan ni'n dwy yn yr un rhythm â'n gilydd a minnau'n dechrau ymlacio. Dydw i ddim eisiau stopio. Ond erbyn i ni groesi'r traeth a chyrraedd 'nôl at Idris, mae Seren yn arafu, yn mynd yn syth ato a rhwbio'i phen yn ei wasgod.

Mae hi wedi cael digon o rasio ac eisiau mwythau. Dim fi oedd y bòs wedi'r cyfan.

Dwi'n rhyfeddu gweld Idris efo Seren. Mae ganddo fo ryw fath o bŵer drosti. Pŵer caredig, addfwyn.

'Lle ddysgaist ti drin ceffylau fel'na?' Dwi'n dal wedi colli 'ngwynt wrth holi Idris.

'Fi 'di arfer 'da nhw. Gof yw 'Nhad i, t'weld. Pan o'n i'n grwtyn bach, o'n i'n gallu tawelu'r ceffylau o'dd yn dod i'r efail.' Egluro wrtha i mae Idris, ond ar Seren mae o'n syllu.

'Ond sut? Be ti'n neud iddyn nhw?'

'Ofn oedd ar y ceffylau rhusiog rhan amla. Wedi dychryn o'n nhw, do'n nhw ddim yn gas. Angen bach o faldod,' medda Idris yn ddiymhongar wrth fwytho clustiau Seren. 'A neb arall moyn mentro'n agos.'

'Felly pam wnest ti adael, a dim aros i helpu dy dad?'

'O'dd dim digon o waith yn y gofaint i gynnal teulu o saith. Fi oedd yr ieuenga, t'weld, felly o'dd rhaid imi fynd i labro. Pan ddaeth cyfle gyda'r Nafis, gymres i fe.'

'Ond mae o'n waith mor beryg.' Mae pawb yn gwybod hynny.

'Odi. Ond o'dd y cyflog gymint gwell.' O'r

diwedd mae o'n edrych arna i. 'Twm berswadiodd fi'n y diwedd. A finne'n gryf ac wedi arfer 'da gwaith caled, odd e'n syniad da … ar y pryd.'

Dim ond yr ail noson i mi gwrdd ag Idris ydy hon, ond mae fel tasan ni 'di nabod ein gilydd erioed. Dwi mor gyfforddus yn ei gwmni. Efo Idris, dwi'n cael bod yn fi fy hun. Magi Rydd, yn lle Magi'r Forwyn Fach wedi'i chloi yn Y Twll. Wrth i ni gerdded ar hyd y traeth tywyll, gwag, dwi'n deud popeth wrth Idris. Am Mam. Am Tada a Deio'n mynd i'r môr. Gwag y Nos. Nyrs Jenat a Robat Wyllt. Elsi Lôn Fudr. Y cwbwl.

Dyna pryd welson ni'r ogof.

'Lle da,' medda Idris ar ôl i ni gael cyfle i grwydro tu mewn iddi. Mae o wrth ei fodd efo'r ogof. 'Cynnes a sych. Lle da i gwato.'

'Be wyt ti'n bwriadu neud, Idris?' Dwi wedi bod yn meddwl gofyn hynny iddo ers meitin, ond heb ffeindio'r cyfle iawn tan rŵan. 'Elli di ddim cuddio yn y stabal am lot hirach 'sti. Ddown nhw o hyd i ti yn y diwedd.'

'Fi'n gwbod 'ny, Magi. Ond sa i moyn gadael Seren. Fi'n meddwl y byd ohoni hi.' Mae Idris yn amlwg wedi bod yn pendroni am hyn ers dyddiau. 'Ac os af i â Seren 'da fi, yna fydda i'n lleidr yn ogystal â blacleg.'

Rhywsut mae'r geiriau jest yn dod allan heb i mi feddwl. 'Ddo' i efo ti. Be am i ni'n dau redeg i ffwrdd. Dianc. Efo'n gilydd.'

'Ond beth am Seren?' hola Idris wrth roi o bach arall iddi hi.

'Awn ni â hi hefo ni, a mynd yn ddigon pell o fan'ma, i rywle lle fyddwn ni'n ddiogel.' Fi, yn trio swnio'n ddewr.

'Ti'n siŵr dy fod ti moyn dod 'da fi? Fydden ni'n dou yn ffoaduriaid wedi 'ny. A chawn ni ddim llonydd yn unman.'

S'gen i ddim ots. 'Fedra i ddim aros yn Aberhiraeth. Dwi'n casáu'r lle, Idris. Mae o fel carchar. Mae o *yn* garchar.'

Erbyn hyn, 'dan ni'n dau'n gytûn. Does gynnon ni ddim dewis. Mae'n rhaid i ni ddianc.

19

'Rargol, mae'r Nafis 'na'n ryff.' Mae Wiliam yn rhuthro i mewn ac yn drewi o gwrw rhad. Ddiwedd nos yn Aberhiraeth ydy hi a Neli, Cwc a finnau wedi gorffen yn y gegin ac yn cael paned cyn hwylio am y gwely.

'O'dd criw mawr ohonyn nhw'n Penlan Fawr heno, 'di dal hi'n rhacs.'

'A' i ddim ar eu cyfyl nhw,' medda Neli'n gall fel arfer.

Dydw i ddim yn mentro ymuno yn y sgwrs. Taw piau hi.

'Roeddan nhw'n brolio'u hunain i'r cymylau. Bod nhw'n gryf. Yn galed,' medda Wiliam efo'i dafod dew. 'A wedyn ddaeth Huw Herc i mewn, a dyna pryd glywson ni'r hanes …'

'Be ti'n feddwl?' hola Cwc.

‘Wel, yn ôl Huw, nos Sadwrn dwetha roedd criw mawr o Nafis wedi mynd draw i efail Pensarn i chwilio am ffeit. Eisiau paffio’n erbyn y gof achos fo ydy’r boi cryfa yn y dre.’

‘Maen nhw’n beryg bywyd yn eu cwrw,’ medda Neli.

‘Aeth y mwya ohonyn nhw i mewn gynta i bigo ffeit efo Ifan Huws y gof. Codi’i ddyrnau caled fel hyn …’ Mae Wiliam yn actio’r holl olygfa yn sigledig o’n blaenau ni. ‘Wel, o’dd Ifan wedi cael llond bol o’r Nafis yn dod yno i greu stŵr bob nos Sadwrn ac eisiau dysgu gwers i’r diawled. Felly aeth o draw at yr einion fawr drom yng nghanol y gweithdy.’

Mae pawb yn gwrando’n astud ar stori Wiliam. ‘Cododd Ifan yr einion i fyny, reit uwch ei ben, wedyn ei chario draw at y ffenest bella a’i gosod yn uchel ar y sil ffenest, yn gwbwl ddidrafferth. Trodd Ifan rownd at y criw. "Reit, pwy sy gynta?" medda fo wrth dorchi'i lewys.' Mae Wiliam yn rowlio chwerthin wrth adrodd y stori. 'Doedd dim un o'r Nafis yn ddigon o ffŵl i fentro wedyn, nag oedd. Cachgwn.'

''Na wers iddyn nhw!' medda Neli.

'Wel, mi chwarddon ni am hynna drwy'r nos,' aeth Wiliam ymlaen â'r hanes. 'O ia, bron i mi anghofio,' medda fo wedyn, wrth sobri. 'Roedd y Nafis yn holi os o'n ni wedi gweld rhywun diarth o gwmpas y plas. Llanc ifanc, cryf, pryd golau, o'r Sowth.'

Idris. Neidia 'nghalon i 'ngwddw.

'Wedi dianc mae o, medda nhw. Rhedeg i ffwrdd ar ôl rhyw ddamwain fawr ar y trac.'

'Bobol bach!' Neli'n gwrthod coelio. 'Mae hynna'n warthus. Rhedeg i ffwrdd ar ôl damwain. Pwy fyse'n gneud y ffasiwn beth?'

Ond dwyt ti ddim yn gwybod y gwir, Neli, dim dyna ddigwyddodd, dwi'n gweiddi yn fy mhen.

'Maen nhw'n chwilio amdano fo yn y beudai lleol,' medda Wiliam 'Roeddan nhw'n siŵr ei fod o'n cuddio'n rhywle yn y cyffiniau yma.'

'Wel, fydd gynno fo ddim gobaith yn erbyn y criw 'na. Maen nhw'n rafins,' medda Cwc dan deimlad, chwarae teg iddi hi. ''Dan ni i gyd yn gwbod be ddigwyddith pan gaiff ei ddal gan y Nafis.'

'Sgwn i os bydd 'na wobr i bwy bynnag ddaw o hyd iddo?' Mae Wiliam yn gweld ei gyfle am gildwrn. 'Ella a' i rownd y stad efo'r cŵn fory, jest rhag ofn.'

Wiliam neu'r Nafis, mae'r rhwyd yn cau, a mater o amser fydd hi cyn i rywun ddal Idris.

Does dim amser i oedi. Mae'n rhaid i ni ddianc nos fory.

20

Heno ydy'r noson. Fy noson olaf un yn Y Twll dieflig 'ma. Methu aros. Reit, dyma'r cynllun. Heddiw, gweithio fel arfer, yn galetach nag arfer, rhag ofn i rywbeth fynd o'i le. Dwyn digon o fwyd i Idris a minnau heb i neb sylwi. Rhywsut cael joch o sheri i Cwc i'w helpu hi i gysgu'n drwm. 'Menthyg' carthen o stydi'r meistr. Aros tan i'r cloc daro hanner nos ac allan â fi. Hawdd.

Dim dyna ddigwyddodd. O gwbwl.

Mae hi'n bell wedi hanner nos. Mae Cwc wedi slochian potel gyfa' o sheri efo Wiliam a rŵan mae'r ddau'n canu 'Fflat Huw Puw' allan o diwn. Cerwch i'ch gwelyau, y tacla, medda fi dan fy anadl.

Cuddio yn y briws tywyll ydw i, yn sbeio arnyn nhw. Be wna i? Rhaid i Idris a fi adael rŵan er mwyn teithio'n ddigon pell o fan hyn cyn iddi wawrio.

Ond hei lwc, mae cynnwys yr ail botel o sheri'n diflannu – fyddan nhw ddim yn hir rŵan cyn mynd yn swrth. Ac o'r diwedd mae'r ddau'n rhochian chwyrnu yn eu diod. Yn fflat owt ar y bwrdd.

Dyma ni. Mae popeth gen i. O 'ma.

21

Mae'r sŵn gweiddi o'r stabal yn cario'n bell.

'Wnest ti adael dy fêt a rhedag i ffwrdd, y basdad.' Llais dwfn yn rhuo o'r stabal.

'Ti'n mynd i dalu am hyn.' Llais arall, yn finiog fel llechen las. 'Talu'n ddrud iawn hefyd. Be nawn ni efo fo, Michael?'

'Anelwch am ei bengliniau fo. Chaiff o byth waith fel Nafi wedyn. Jest peidiwch â gadael cleisiau ar ei wyneb.'

'Iawn, fforman.'

Sbecian drwy'r ffenest ydw i. Ar dri horwth mawr cyhyrog yn bygwth Idris. A dim bygythiadau gwag ydy rhain. Maen nhw o ddifri. Y mwya o'r tri efo'i ddyrnau caled i fyny yn barod i golbio Idris. Dyrnau sy fel cerrig beddi, yn gleisiau i gyd. Y diawl brwnt arall yn chwifio gwialen yn yr awyr.

Y trydydd jest yn syllu. Hwnnw 'di'r bòs. Dyn milain yr olwg. Yn fyr o gorff ond cyhyrog ac yn llawn casineb. Michael. Y fforman.

Chwip efo gwialen fedw mae Idris yn ei gael gynta. Reit ar draws ei gefn. Wedyn mae'r cythraul mwya yn codi pastwn trwm a dechrau waldio Idris yn ddigrugaredd. Y bòs yn syllu ar y cwbwl dan grechwenu, yn mwynhau pob munud.

Mae Seren yn synhwyro bod Idris mewn poen. Mae hi'n cicio drws y stâl ac yn gweryru'n uchel.

Yn sydyn mae rhywbeth brawychus yn digwydd i Idris. Mae 'na ryw wylltineb yn ei symudiadau. Ei ben yn hyrddio yn ôl yn gyflym, a'i gorff yn siâp bwa chwithig. Mae'n cracio'i benglog ar y llawr ac yn ysgwyd yn ffyrnig. Ei goesau'n cicio, ei ben yn pwnio'r llawr carreg yn ddi-stop.

Dyma beth oedd o'n feddwl wrth y salwch 'na. Ffitiau. Mae'n beth brawychus i'w weld. Ac yn sioc i'r Nafis hefyd.

'Be sy'n bod ar y diawl?' medda'r mwya.

'Ydi o'n gall, dudwch?'

'Mae'r hogyn wedi'i cholli hi.' Y mwya eto.

'Yn lloerig.'

'Be wnawn ni, bòs?'

'Y seilam ydy'r unig le i hwn,' poera Michael y fforman. 'Mae o'n amlwg yn wallgo.'

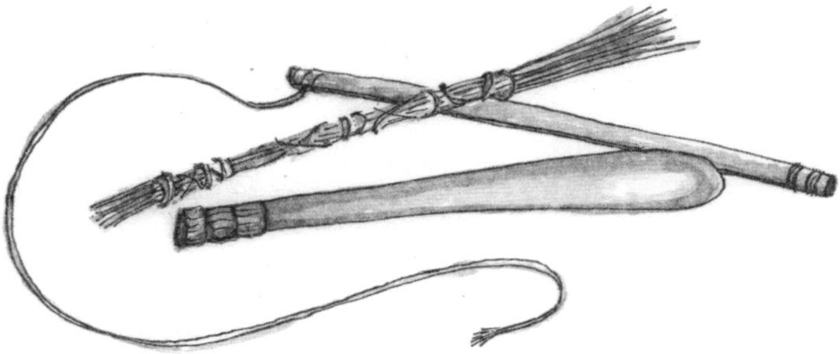

Dwi'n gwybod be mae hynna'n feddwl. Gwag y Nos. O fewn dim, maen nhw'n lapio corff diymadferth Idris mewn sach a'i daflu dros gefn un o'u ceffylau.

Erbyn hyn, mae Seren wedi mynd yn wyllt bost. Gwyn ei llygaid hi'n fflachio. Ei ffroenau'n llydan. Yn cicio'n uchel a bangio drws y stâl i gael dod allan. Mae'r dyn mwya yn agor y stâl er mwyn mynd i mewn at Seren a'i rheoli efo'i chwip. Ond o fewn amrantiad, mae hi'n rhedeg allan fel mellten, a rhoi cic go hegar i'r bwli nes ei fod wedi syrthio 'nôl i domen fawr o gachu ceffyl. Mae'n haeddu hynna. A gwaeth.

Allan â Seren i'r nos – Duw a ŵyr i ble. Mewn anobaith, dwi'n syllu ar y Nafis yn gadael. Ac Idris yn gorff anymwybodol ar gefn ceffyl y fforman ar eu ffordd i seilam Gwag y Nos.

Ddo' i i dy achub di, Idris, dwi'n addo. Addewid gwag. S'gen i ddim syniad sut i wneud hynny.

22

Mae wythnos wedi pasio ers y noson honno pan gafodd Idris ei ddal yn y stabal. Wythnos od iawn oedd hi hefyd.

Dydd Mercher ddaeth Neli 'nôl o'r farchnad yn llawn clecs. Wel, yn gynta aeth hi drwy brisiau popeth ar y stondinau, fel arfer: siwgwr yn ddrud iawn wythnos yma, medda hi. Wedyn roedd hi eisiau dangos dwylath o wlanen ysgafn oedd hi wedi'i phrynu er mwyn gwneud ffrog haf. Tlws iawn oedd hi – meddal a chynnes, lliw glas golau fel wy bronfraith.

'Ddel, tydy? Be ti'n feddwl, Magi?' gofynnodd yn llawn cyffro.

'Del iawn,' cytunais, yn genfigennus.

Dwi ddim yn amau bod gan Neli gariad o rywle ym Mhen Llŷn, achos mae hi'n mynnu mynd i'r farchnad bob wythnos. Ella mai fo brynodd y wlanen iddi hi'n anrheg. Ta waeth, mae'r Maes yn lle da i hel straeon, felly dwi'n mentro holi.

'Neli, wnest ti ddigwydd clywed rhwbath am y Nafi 'na redodd i ffwrdd ar ôl rhyw ddamwain?' Idris o'n i'n feddwl wrth gwrs. Trio bod yn ffwrdd-â-hi.

'O ia, o'n i bron ag anghofio deud wrthat ti,' medda Neli.

A dyna pryd gawson ni'r stori fawr – bod y Nafi ifanc wedi cael ei ddal yn stabal Aberhiraeth. Yn ôl bob sôn, aeth rhywun â fo i seilam Gwag y Nos a'i adael efo Nyrs Jenat, heb aros i weld a oedd o fyw neu farw. Roedd o'n gleisiau i gyd, medda nhw, ac wedi cymryd oesoedd i ddod ato'i hun. Idris druan.

Roedd Cwc yn plicio pentwr mawr o datws. 'Wnaiff o ddim gwella rhyw lawer yn y Wyrcws 'na,' mwmiodd o dan ei gwynt. Trodd pawb i edrych arni. Beth wyddai hi?

'Aeth fy chwaer i seilam Gwag y Nos flynyddoedd yn ôl,' eglurodd. Llygaid Cwc yn bell i ffwrdd. 'Siân druan. Dim llawn llathen, medda nhw. Ond dwi'n meddwl mai galaru oedd hi ar ôl i Mam farw. Y golled yn ormod iddi hi.'

'Druan ohoni,' cydymdeimlodd Neli â hi.

Taflodd Cwc daten arall i'r sosban. 'Roeddwn

i'n mynd yno i weld Siân bob wythnos efo cawl neu lobsgows neu rwbath iddi hi ei aildwymo. O'n i eisiau iddi hi gael bwyd maethlon i'w helpu hi gryfhau. Ond doedd hi'n gwella dim. Aeth hi'n deneuach, os rhwbath.'

'Wnaethoch chi eich gorau, Catherine,' medda Neli wrth fwytho ei hysgwyddau esgyrnog.

'Doedd o ddim yn ddigon, nag oedd,' arthiodd Cwc. 'Aeth hi'n waeth ac yn waeth. Dim ond ar ôl iddi hi farw wnes i sylweddoli bod Siân heb gael y prydau bwyd o gwbwl.' Stopiodd Cwc am eiliad i sychu ei llygad efo cornel ei ffedog. 'A bod Nyrs Jenat a Robat Wyllt wedi gloddesta ar y cyfan eu hunain,' medda Cwc yn chwerw. 'Dynes greulon. Wna i byth fadda iddi hi. Yr hen ast.' A rhuthrodd allan i'r ardd.

Wel, pwy fyse'n meddwl fod Cwc yn nabod Nyrs Jenat. Ac yn ei chasáu hi â chas perffaith.

Er, dwn i ddim pam o'n i'n synnu chwaith – cymuned glòs, pawb yn rhyw fath o berthyn. Ond mae cysgod Gwag y Nos yn hir, ac yn ymestyn droston ni i gyd. Cywilydd sy'n ein cadw ni'n ddistaw, mae'n siŵr. Roedd gan Mam gymaint o gywilydd ein bod ni wedi gorfod mynd i Gwag y Nos. Doedd hi ddim eisiau i neb wybod. Ond efo'r tyddyn ar rent, a'r tir wedi'i esgeuluso, roedd hi'n hollol amlwg i bawb beth oedd wedi digwydd.

'Dim ond dros dro fydd o, Magi.' Dyna oedd hi'n ei ddeud yn dragywydd. 'Jest aros yma tan mae Tada a Deio'n dod 'nôl ô'r môr ydyn ni.'

Ond welith hi byth Tada eto. A dydy o'n gwybod dim. Dim am Mam. Dim amdana i'n gaeth yn fan hyn. A dim ond ar ôl dod adre wnaiff o glywed bod Mam wedi marw. A fydd hynny fisoedd i ffwrdd.

Erbyn hyn, dwi wedi dallt mai jest gwneud ei job mae Neli. Dydy hi'n cael dim pleser o 'nghloi i yn Y Twll bob nos a thair gwaith bob dydd Sul. Gorfod gwneud mae hi. Rhaid iddi hi wneud popeth mae Mrs Rowlands yn ei ddeud, neu fydd hi'n cael ei thaflu allan o Aberhiraeth. A heb eirda Mrs Rowlands, chaiff hi byth job arall. 'Dan ni i gyd yn gwybod lle fyse raid iddi hi fynd wedyn.

A Cwc hefyd. Gen i bechod drosti hi rŵan. Catherine, druan. Ei theulu hi i gyd wedi mynd. S'dim syndod ei bod hi mor chwerw. Ac mae fy ngweld i bob dydd yn ei hatgoffa hi o Gwag y Nos, mae'n siŵr. Yn cofio'i chwaer yn mynd yn fwy ac yn fwy tenau ac eiddil bob wythnos, nes oedd hi'n ddim ond croen ac esgyrn.

Roeddwn i'n dechrau deall ein bod ni – Neli, Catherine a finnau – i gyd yr un peth. Yn trio crafu byw y gorau gallen ni. Pen i lawr. Gweithio'n galed. Cadw allan o drwbwl. Ein bod ni – y gweision, y Nafis, y werin – yn debycach i'n gilydd nag oeddwn i'n feddwl. A bod Wiliamsys a Nyrsys Jenat y byd 'ma yn fodlon sathru ar unrhyw un i gyrraedd copa'r domen, hyd yn oed eu tylwyth eu hunain.

23

Wedyn, dydd Iau, roedd hi'n ddiwrnod mawr. Diwrnod Ffair Cricieth. Roedd pawb yn cael mynd. Pawb ond fi, wrth gwrs.

Roedd Mr a Mrs Rowlands i fod i deithio yn y trap, yn ôl yr arfer. Ond doedd neb wedi gweld Seren ers dyddiau. Dim ond fi oedd yn gwybod ei bod hi wedi dychryn a rhedeg i ffwrdd y noson honno pan oedd y Nafis wedi ymosod ar Idris yn y stabal. A doeddwn i ddim am gyfadde.

Job Wiliam oedd dod o hyd i Seren. Aeth i chwilio i bob man. Pob twll a chornel o'r caeau a'r coedwigoedd gerllaw. Ei chwip fain yn crynu'n filain. Ond doedd Seren ddim eisiau cael ei dal. Dim ganddo fo, beth bynnag. Hen dempar cas oedd arno fo ar ôl dod 'nôl yn waglaw hefyd. Dydy Wiliam ddim yn hoffi colli a phan mae o'n colli, 'dan ni i gyd yn diodde.

Ta waeth, bu'n rhaid i Wiliam fynd â Mr a Mrs Rowlands i'r ffair yn yr hen drol â'r ceffyl gwedd. Doedd Mrs Rowlands ddim balchach o fynd yn y drol fawr fwdlyd, a honno'n cael ei thynnu gan geffyl gwedd trwsgwl oedd wedi arfer tynnu'r aradr dros gaeau garw'r ystad.

Roedd Neli a Cwc yn cael reidio ar gefn y drol hefyd, y ddwy yn swanc o'u coeau yn eu dillad capel. Pres yn tincial yn eu pocedi. Pawb yn ysu i wario hynny oedd gynnon nhw yn y ffair. Roedd y ddwy'n gyffro i gyd ac yn prepian yr holl ffordd i Gricieth.

Clywed hyn wedyn wnes i. Roeddwn i wedi 'nghloi yn Y Twll.

Fel arfer, roedd Y Twll yn ddu fel bol buwch. Ond y peth od ydy, dwi'n dechrau arfer efo tywyllwch. Dydy o ddim yn pwyso i lawr arna i fel roedd o o'r blaen. Mae gen i gymaint mwy i boeni amdano na jest tywyllwch erbyn hyn, mae'n siŵr.

Beth bynnag, roedd y goriadau gen i, y tŷ yn wag am y diwrnod, felly es i grwydro.

Dwi 'di cyrraedd llofft Mrs Rowlands. Llenni melfed trwchus, tywyll. Arogl persawr lafant yn gwneud i 'mhen i droi. Dodrefn trwm, trwsgwl. Ond i gornel bella'r stafell roedd fy llygaid yn cael

eu denu, at y bwrdd gwisgo deliaf welais i erioed. Pren tywyll efo tri drôr bach twt. Dolen bres yn sgleinio ar bob drôr. Neli bolishodd rheina.

Roedd patrwm bach prydferth ar wyneb bob drôr, delweddau diarth o bren golau wedi'u cerfio a'u gosod yn y mahogani du. Aderyn paradwys ar yr ochor dde, palmwydd uchel ar y chwith ac eliffant mawr yn y canol. Y cwbwl mor real. Fel tasan nhw am neidio allan o'r pren ac i mewn i'r stafell. Dwi'n eu byseddu nhw'n araf i deimlo am drwnc garw yr eliffant a phigau poenus y dail miniog. Ond mae'r pren yn hollol lyfn, y patrwm yn asio i'r dim.

Ar y bwrdd roedd tri drych. Un mawr hirgrwn yn y canol ac un o boptu iddo. Neidiais wrth weld rhywun diarth yn y drych.

Fi.

Mae blynyddoedd ers i mi weld fy adlewyrchiad. Roeddwn i wedi newid – y diniweidrwydd wedi mynd, rhywsut. Y llygaid yn fwy caled. Yr osgo yn hy. Yr wyneb yn fwy diarth. Yn hŷn. Ac yn waeth na dim, y croen gwelw 'na. Croen corff marw. Cylchoedd tywyll lliw cyrens duon o dan fy llygaid. Plorod amrwd ar fy ngên. Dwi'n amlwg byth yn gweld yr haul.

Ond y sioc fwya oedd gweld bod fy nghorff i wedi newid a 'mronnau wedi tyfu. Allwn i weld eu siâp nhw o dan fy ffrog dynn. Ges i sioc i weld hynny, 'mod i ddim yn blentyn bellach ond yn ferch ifanc.

Wnes i ddechrau'r misglwyf yn fuan ar ôl dod yma i Aberhiraeth. Felly o'n i'n gwybod bod fy nghorff yn gweddnewid yn araf a phoenus. Ond do'n i ddim wedi meddwl y byse'r newid i'w weld mor amlwg. I mi. Ac i bawb arall.

Rhywle o dan y cyfan, dwi r'un ffunud â Mam. Mam ers talwm, dim yr un denau a hen yn y Wyrcws.

Ond roedd 'na olwg flêr a budr arna i. Tynnais fy nghap ar frys, datod y llinyn a brwsho 'ngwallt efo brwsh arian trwm Mrs Rowlands. Mae'n glymau i gyd. Brwsho a brwsho'n ffyrnig nes bod misoedd o glymau tyn wedi'u datod a'r gwallt yn llyfn. Nefoedd.

Roedd droriau cudd y cwpwrdd dillad yn ysu i gael eu hagor. Hancesi a sgarffiau oedd yn y ddau ddrôr cynta. Ond yn y trydydd roedd y trysorau go iawn. Dillad isa Mrs Rowlands. Y cwbwl wedi'u gwneud o sidan lliw hufen. Lês glas golau ar bopeth. Rhywun efo llygaid craff iawn sydd wedi gwnio'r tlysau bach delicet yma.

O'n i'n methu stopio fy hun ac mae gen i gywilydd cyfadde, ond wnes i drio pâr o flwmars sidan dros fy rhai cotwm garw fi. Ych a fi. Ffiaidd. Pam wnes i hynna? Eu tynnu ar ras, rhwygo darn bach o lês. Stwffio'r cwbwl yn ôl ar frys gwyllt.

Roeddwn i wedi busnesu'n ddidrugaredd trwy bob un dim. Wedi byseddu pob pais, staes a hances. Wedi gwisgo pob modrwy aur, mwclis a breichled. Gweld fy hun yn swanc iawn yn y ffrilach i gyd. Minlliw ar fy llygaid a lliw coch ar fy ngwefusau.

Pwy fyse'n meddwl bod Mrs Rowlands barchus, athrawes ysgol Sul, yn gwisgo'r ffasiwn bethau.

Dydy o ddim yn teimlo'n iawn fod un o fyddigions Capel Salem yn meddwl cymaint ohoni'i hun.

Roedd y dodrefn yn foethus ac yn dywyll. Arogl polish ar bopeth. Paent du a chwyr mor drwchus ar ddrws y wardrob gallwn i ei grafu i ffwrdd. Y slwj yn dew o dan fy ewinedd. Draenen bren boenus yn tynnu gwaed.

Roedd hi'n heulog tu allan. Y llwch yn corddi yn y pelydrau oedd yn tywynnu drwy'r ffenest. Gaiff Neli stŵr am hynna.

Yng nghanol y stafell roedd gwely anferth, uchel. A stôl fach ddel i roi hwb i fyny. Cyfforddus. Cynnes. Cynfasau'n arogli fel awyr iach. Wnaiff hi ddim drwg i orffwys am 'chydig. Traed i fyny. Pen i lawr. Dim ond am funud.

Pam wnes i beth mor annoeth?

24

‘Gwisga amdanat, fydd Taid yma’n munud.’ Mam yn fy ysgwyd. Styrian yn ddiog. ‘Ti eisiau dod i weld y syrcas, dwyt, a’r eliffant?’

‘Dowch wir,’ medda Taid wrth ruthro drwy’r drws mewn chwa o awel ganol nos. ‘Gymrith hi tua tair awr i ni gerdded.’

‘Bara a chaws gynnoch chi i gyd?’ Mae Mam yn ffysian fel arfer. ‘Ac mae’r te a’r gacen gen i yn fan’ma,’ medda hi gan godi’r fasged.

I ffwrdd â ni i’r syrcas yn gyffro i gyd.

Tua saith y bore oedd hi erbyn i ni gyrraedd Maes Pwllheli, a channoedd o bobol yn dechrau ymgynnull yno er mwyn gweld Syrcas Mistar Hylton yn cyrraedd canol y dre.

‘Dyma nhw. Mae’r syrcas yma’ gwaeddodd rhyw

ferch flêr o'r Wyrcws, gan redeg i lawr y ffordd tuag atan ni. 'Ac mae'r eliffant gynnon nhw.'

'Boneddigion a boneddigesau. Rhowch groeso i Syrcas Mr Hylton!' gwaeddodd llais mawr o rywle.

Rhannodd y dorf fel llenni o boptu'r parêd. Y cylchfeistr, Mistar Hylton ei hun, oedd gynta. Gŵr tal, gosgeiddig efo top hat a throwsus streipiog. Ar ei ysgwydd eisteddai mwnci bach brown golau efo blew claerwyn mewn siâp penglog ar ei wyneb. Llygaid siarp, gweld popeth.

Ond roedd y gŵr arbennig yma'n gorrach o'i gymharu â'r horwth ddaeth i'r golwg nesa.

Eliffant. Anferthol. Doeddwn i erioed wedi gweld creadur mor fawr. Erioed wedi dychmygu bod 'na anifail mor fawr yn yr holl gread. Dychymyg aruthrol greodd hwn. 'Swn i'n taeru bod y llawr yn sigo o dan ei bwysau. Clamp o drwnc hir â ffroenau mawr llaith yn synhwyro popeth o'i gwmpas.

Ar ei ysgwyddau eisteddai'r eneth fwya prydferth i mi ei gweld erioed. Ei chroen yn las-ddu, yn loyw fel glo yn y glaw. Ei gwallt du yn gyrls tyn cnu oen bach. Gwisg amryliw a mwclis trwm o emau gwyrdd. Dyna'r tro cynta i mi weld unrhyw berson du o'r blaen. Roedd hi yn rhyfeddol.

Ond yr eliffant oedd seren y sioe.

'Yli ar y trwnc 'na!' medda Deio 'mrawd wrth i'r

trwyn hir, busneslyd ffroeni'r dorf ar y ffordd i lawr i'r Maes.

Pan ddaeth o'n ddigon agos i mi arogli ei wynt cynnes, roeddwn i jest â marw eisiau ei gyffwrdd.

'Teimla'i groen o,' wrjiodd Deio. 'Wneith o'm brifo ti, w'sti.' Estynnais fy llaw yn ara' deg a theimlo'i groen garw, fel rhisgl hen dderwen. Y crychau yn hongian i lawr, yn crynu efo pob symudiad. Coesau fel boncyffion tew, y traed yn wreiddiau.

Croen sych. Bysedd bach i mewn i'r rhychau dyfn. Cysurus. Neis.

'Mae o'n lecio ti, Magi,' medda Deio'n genfigennus. Erbyn hyn roedd yr eliffant wedi stopio'n stond reit wrth fy ymyl i. Roedd yn syllu arna i am hir iawn. Teimlad od – fel tasa fo'n gallu gweld y tu mewn i mi. Llygaid mor fawr ac addfwyn. Bron iawn yn ddu. Mae o'n edrych yn hen iawn, iawn. Yn ddoeth. Digon doeth i fod wedi syrffedu ar yr holl firi yma.

'Oi, Jymbo! Tyrd yma ...'

Daeth sŵn gweiddi mawr o'r ochor bella. Plant y Wyrcws oedd yna, yn galw ar yr eliffant, pob un â darn o india-roc yn ei law. Trît prin gan y meistr.

O'n i'n edrych i lawr fy nhrwyn arnyn nhw adeg hynny. Rhyfedd, yndê? O fewn misoedd fyswn innau'n un o blant y Wyrcws, efo'r un wyneb bach llwglyd a'r llygaid barus 'na yn dal yn sownd yn fy india-roc rhag ofn i rywun ei ddwyn o.

O nunlle, rhuthrodd rhyw hogyn budr i'r lôn, yn syth i lwybr yr eliffant gan weiddi ac ysgwyd ffon hir. 'Hei. Tyrd yma, ddudis i … tyrd draw i fan'ma.' Dechreuodd brocio'r creadur yn ei ystlys. Erbyn hyn roedd torf fawr wedi cronni ac ambell un yn wrjio'r bachgen.

'Ned, ro' i ffardding i ti os wnei di ddringo i fyny ar ei gefn o,' addawodd rhywun yng nghefn y dorf.

'A finna – cer amdani.' Un arall. Fyse bachgen o'r Wyrcws byth yn gwrthod cildwrn fel'na.

Roedd y ferch dlos wedi llithro i lawr a diflannu i'r dorf heb i neb sylwi.

'Tyrd, Jymbo, dwi eisiau reid.' Haliodd Ned glust mawr yr eliffant a dechrau tynnu. Pwnio. Procio. Eto ac eto. Droeon. Roedd llygaid yr eliffant yn rowlio mewn ofn, y gwyn yn siâp lleuad fain. Doedd yr anifail druan ddim yn gallu gweld ei feistr. Methu gweld pa ffordd i fynd.

'Paid! Mae gynno fo ofn,' gwaeddais. 'Gad lonydd iddo fo. Ti'n ei ddychryn o.'

'S'gen cawr fel hyn ddim ofn dim byd,' sgrechiodd Ned gan halio'r clust llipa unwaith eto a thynnu ei hun i fyny yn drwsgwl nes ei fod yn eistedd ar gefn y creadur. Ond dim am hir.

Mewn eiliad roedd yr horwth o eliffant wedi troi'i ben ac ysgwyd ei gefn nes bod Ned wedi colli balans a disgyn i'r llawr. Chwipiodd yr eliffant rownd yn wyllt at Ned, a weindio'i drwnc am wddw'r llanc.

'Help! Helpwch fi. Mae'r anghenfil 'ma'n wyllt!' gwaeddodd Ned, yn cachu brics. Hwnnw ddim mor ddewr erbyn hyn.

Rhuthrodd Taid at yr eliffant a cheisio gafael yn ei gyfrwy, tawelu'r creadur, mwytho ei ben. 'Tyrd rŵan, gad o'n rhydd. Ara' deg ...' Ond roedd yr eliffant wedi'i cholli hi go iawn, mewn tempar gwyllt ac yn cymryd dim sylw. Gwrthod cael ei ddofi.

Roedd y behemoth ar fin codi'r bachgen i fyny o'r llawr gerfydd ei wddf ...

Crac! Chwip waedlyd ar draws cefn yr eliffant.

'Let him go. At once,' mynnodd Mr Hylton mewn llais main.

Llaciodd yr eliffant ei drwnc a gollyngodd o'r bachgen yn syth.

''Swn i wedi crogi'n fan'na,' medda Ned yn mwytho ei wddw coch, sych. 'Mewn cawell ddylai hwn fod.' Ond doedd gan neb ryw lawer o ddiddordeb yn yr hogyn dwl. Chafodd o ddim dimau goch.

Roedd Mistar Hylton yn rheoli unwaith eto.

'Denjyrys that was. Eliffant strong …' medda Taid wrth y cylchfeistr yn ei Saesneg carbwl. Roeddan ni i gyd wedi clywed y stori ddychrynllyd am ferch gafodd ei lladd pan redodd eliffant yn wyllt drwy dre Prestatyn.

'Amser swper,' medda Taid. 'Dewch …'

Ond dim Taid oedd yn gweiddi. I lawr grisiau oedd y stŵr. Am eiliad doeddwn i ddim yn cofio lle oeddwn i.

Maen nhw nôl.

Neidiais o wely Mrs Rowlands, rhedeg allan o'r stafell, sgrialu i fyny'r grisiau cefn yn turio ym mhoced fy ffedog am oriad Y Twll.

Agor o, agor o, Magi. Roedd fy mysedd wedi chwyddo, yn sleimi, yn gwrthod gweithio, y goriad yn llithrig efo chwys. Brysia, brysia, mae Neli ar ei ffordd …

'Allan â ti, Magi.'

Do, wnes i lwyddo i gloi fy hun 'nôl i mewn yn Y Twll jest mewn pryd.

'Ti wedi 'laru yn y tywyllwch 'ma, mae'n siŵr,' medda Neli dros fflam ei channwyll.

Roedd hi'n syllu arna i am hir. 'Be 'di hwnna ar dy lygaid di?'

'… Huddyg … o'r grât,' dwi'n mwmian, gan edrych i ffwrdd.

'O, ia, mae'n siŵr.' Roedd Neli'n amau rhywbeth. 'Tyrd i'r gegin am damaid o swper.'

Dilynais hi i lawr y grisiau gan rwbio'r colur o'm llygaid efo llewys fy nghrys.

O'n i'n lwcus iawn yn fan'na.

Ond aeth pethau o ddrwg i waeth pan gyrhaeddon ni'r gegin.

25

'Neli!' Taranai llais Mrs Rowlands rownd y plas. 'Neli!' Dydy hi ddim yn codi ei llais fel arfer, bygwth yn ddistaw mae hi. 'Dere 'ma. Nawr.' Stopiodd y gweision i gyd yn stond wrth i'r feistres ymddangos yn nrws y gegin yn dal brwsh gwallt arian yn ei llaw.

'Alla i'ch helpu chi, madam?' medda Neli yn ddiniwed. Doedd ganddi hi ddim syniad beth oedd i ddod.

'Edrych ar hwn, y ferch ddigywilydd,' gwaeddodd Mrs Rowlands wrth dynnu tri gwelltyn brown hir, hir o'r brwsh a'u dal o flaen llygaid Neli. 'Dy wallt di yw hwn, yndife?' Roedd hi'n crynu yn ei gwylltineb. 'Wel? Wyt ti wedi bod yn turio drwy fy mhethau i eto?'

Roedd fy wyneb i'n fflamgoch. A wyneb Neli hefyd. Ond ar Neli oedd pawb yn sbio.

‘Eistedda’n fynna!’ gorchmynnodd Mrs Rowlands. Ac estynnodd y feistres siswrn mawr miniog allan o’i basged wnïo.

‘Dydw i ddim wedi cyffwrdd eich brwsh chi, meistres,’ atebodd Neli druan mewn panig. ‘Wir yr.’

‘Celwyddgast yn ogystal â lleidr?’ medda Mrs Rowlands gan ddod yn agosach. ‘Tyn dy gap.’

Wna i byth anghofio’r braw ar wyneb Neli wrth iddi hi dynnu ei chap a datod ei gwallt hir, tlws. Roeddan ni i gyd yn syllu.

Haliodd Mrs Rowlands wallt Neli nes oedd hi’n sgrechian mewn poen a chywilydd.

‘Na, dim fy ngwallt i! Plis, Mrs Rowlands. Na.’

Snip snip. Talpiau trwchus o wallt brown meddal yn nwylo Mrs Rowlands. Munud gymerodd y cwbwl.

Roedd y blewiach yn sownd yn y dagrau oedd yn powlio i lawr bochau fflamgoch Neli. A hithau’n edrych fel hogyn. Yn drwyn a chlustiau i gyd. Ei gwallt tywyll hyfryd i gyd wedi mynd, ac yn ei le roedd cudynnau blêr dros ei phenglog moel, fel twmpathau brwyn yn y dwnan.

Pam wnes i ddim deud rhywbeth? Pam wnes i ddim deud y gwir? Cyfadde mai 'ngwallt i oedd o, yn lle gadael i Neli gael y bai? Ofn. Ofn i'r feistres ddod i wybod 'mod i wedi bod yn ei llofft hi. Fyse hi'n gwybod am y goriadau wedyn. A finnau byth yn cael dianc o fan'ma.

Glywais i Neli yn llefain yn ei llofft islaw drwy'r nos. Colli'i chariad oedd yn ei phoeni hi fwya. Fyse'r un bachgen eisiau canlyn merch heb wallt.

A fy mai i oedd y cyfan. Pa fath o ffrind ydw i – i unrhyw un?

26

Yn gynnar bore wedyn, gawson ni ymwelydd.

'Oes 'na bobol?' Llais cras. Acen od. 'Canhwylle, Rhubane, pegie? Mei 'na ddigonedd o ddewis efo fi heddiw bore.'

Sipsi oedd wrth y drws cefn. Tua'r un oed â Mam. Prydferth. Mewn gwisg goch lachar a rhubanau gwyrdd a melyn ar y bodis. Ei gwallt cyrliog fel gwymon du'n tywallt dros ei hysgwyddau. Llygaid du, craff oedd yn colli dim. O'n i methu stopio syllu arni hi.

'Cora, sut ydych chi?' Daw Neli gan wthio heibio fi a'i chroesawu hi i'r gegin. 'Gymrwch chi baned?' Doedd y cap ddim yn gorchuddio pen moel Neli yn llwyr.

'Dwi'n dde iawn diolch, Neli. Ac ie, mi gymra i baned gen ti.'

'Dewch i eistedd fan hyn, Cora, a chlosiwch at y tân.'

Prysurodd Neli i lenwi'r tecell a'i osod ar y tân. Estynnodd hen gwpan a soser. Dim y llestri gorau i Cora, siŵr iawn. 'Dan ni i gyd yn gwybod y drefn.

'Fydd y gwêllt 'na fawr o dro yn tyfu 'nôl, bêch.' Sylwai Cora ar bopeth, fel o'n i'n amau. Ceisiodd Neli roi rhyw hanner gwên boenus. Rhimyn coch rownd ei llygaid hi. Teimlo'i phen heb sylwi ei bod hi'n gwneud.

''Ycha, mae gen i rwbeth bêch fan'ma wnaiff les i ti. Rhwbia'r olew 'ma ar dy ben bob nos a fydd dy wêllt di'n tyfu'n gynt,

Doeddwn i ddim yn siŵr a oedd Neli'n credu hynny ond roedd hi'n astudio'r botel yn arw.

'Faint dach chi eisiau amdano fo, Cora?'

'Gei di o'n anrheg Neli fêch ... Ond os oes 'na ryw bisyn bêch o gacen ar ôl yn y pantri ...'

'Hwdwch!' Rhoddodd Neli dafell o fara brith yn dew efo menyn i Cora cyn sleifio'r botel fach i'w phoced ar ei ffordd i glirio'r parlwr.

Roedd Cora wedi 'nal i'n syllu. 'Magi wyt ti, yndê?'

'Ia ...' Sut mae hi'n gwybod?

'Ffrind Elsi ... dwi'n iawn? O Gwêg y Nos. Wel, mae gen i neges i ti.'

'Be? Neges gan bwy?'

'Hisht, lodes. Gwranda,' medda hi'n gyfrinachol. 'Neges gen Elsi. Mae hi ishe ti wbod bod Nyrs Jenat yn bygwth anfon hi i ffwrdd.'

'I ffwrdd? I lle?'

'I Lerpwl.'

'Lerpwl?' Allwn i ddim diodde'r syniad bod Elsi'n cael ei hanfon mor bell i ffwrdd. 'Ond mae hi'n fengach na fi. Yn rhy ifanc i fynd i weithio mewn dinas fawr.' A beth os ydy hithau'n cael ei chloi i fyny hefyd? 'A'r bachgen, Idris? Glywsoch chi rwbath amdano fo?'

'Aaa, Cora, oes gynnoch chi chwaneg o'r eli cryd

cymalau 'na?' medda Cwc wrth gerdded i mewn a tharfu ar ein sibrydion. Daria, a finnau eisiau gwybod mwy.

'Oes wir, Catherine, mae gen i botel fan hyn. Dimau i chi.' Allith hi ddim fforddio hynna. 'Na? Wel, beth am ddarn bêch o ham, fel y tro dwetha?'

Mae'r ddwy yn taro bargen ddistaw. Bydd y pantri'n dipyn gwacach heno.

'Mae gen y lodes 'ma wyneb lwcus,' medda Cora'n uchel. Fi oedd hi'n feddwl. 'Ty'd 'ma i mi gel deud dy ffortiwn.'

Ffortiwn mewn cwpan de. Dydw i ddim yn credu'r nonsens yna. A phetawn i'n credu, a ydw i wir eisiau gwybod be sydd am ddigwydd yn y dyfodol? Beth os ga i ddamwain erchyll? Neu bod yn gaeth yn fan hyn am byth? Beth bynnag fydd Cora'n ei weld yn y dail te, fydd o ddim yn newyddion da i rywun fel fi. Ond os nad ydw i'n credu'r rwtsh ofergoelus, pa niwed wnaiff o?

Felly, yfais fy mhaned o de, pasio'r gwpan at Cora ac aros tra oedd hi'n astudio'r dail am hir iawn, iawn.

'Dwi'm 'di gweld hyn yn fy myw o'r blaen!' medda hi'n uchel. Erbyn hyn, roedd Cwc, Neli a Wiliam i gyd yno yn busnesu. O ble ddaeth pawb? 'Yn y dail, wela i arwres. Lodes ddewr. Cryf. Rebel.'

'Honna?' Mae Wiliam yn rowlio chwerthin. 'Un o garidýms Gwag y Nos? Amhosib.'

'Wel, ti byth yn gwbod,' medda Neli, chwarae teg iddi.

'A roeddech chi'n iawn amdanaf i tro d'wetha, Cora ...' medda Cwc wedyn, 'felly pwy a ŵyr, ella bod 'na ddyfodol i Magi.'

'Be ydy dy ffortiwn di felly, Catherine? Y byddi di'n hen ferch am byth?' Mae Wiliam yn fwli. 'Wel, mae'r sipsi 'ma wedi cael hynny'n iawn, tydy,' medda fo'n gas.

'Gewch chi weld,' atebodd Cora efo winc slei ataf i. 'Mi fydd hon yn ein synnu ni i gyd.'

Yn ddistaw bach, llithrodd hi allan o'r gegin gan guddio pot o jam yn ei llawes tra oedd pawb yn syllu arna i efo'u cegau'n agored.

27

Elsi mewn perygl. Idris wedi'i gloi yn seilam Gwag y Nos. Y ddau angen help. Mae egni ffyrnig yn rasio trwy 'nghorff i. Ar ôl dyddiau o gaethiwed swrth yn Aberhiraeth, dwi wedi deffro o'r diwedd ac yn gwybod ei bod hi'n hen bryd i mi fynd i helpu Elsi ac Idris.

Heno amdani. Dyma'r cynllun. Dianc o'r tŷ. Ffeindio Seren. Rasio i Gwag y Nos. Achub Idris ac Elsi. Hawdd.

Ganol nos. Dwi ar fin agor bollt stiff y drws cefn a hwnnw'n gwichian fel arfer.

'Lle ti'n feddwl ti'n mynd?' Uffarn dân, mae Cwc wedi deffro. 'Wel?' medda hi wrth godi'n araf o'i gwely yng nghornel y gegin, estyn cannwyll a'i goleuo. Mae'r fflam hir yn ei throi yn fwgan.

'Magi, lle wyt ti'n mynd?' Mae hi'n dechrau colli mynadd.

'Nunlle …' Dwi'n amlwg yn palu celwydd. Ac mae hi wedi 'ngweld i'n trio cuddio'r goriadau y tu ôl i 'nghefn.

'Allan eto heno, ia?' Eto? Sut mae hi'n gwybod? 'S'dim syndod dy fod ti wedi ymlâdd bob diwrnod, Magi.' Mae hi'n agos iawn, digon agos i mi weld blewyn hir, du ar ei gên yn sgleinio yng ngolau'r gannwyll ac arogli'r cwsg ar ei gwynt hi.

S'gen i ddim syniad beth i'w ddeud wrthi. Does dim pwynt gwadu – mae hi'n amlwg yn gwybod 'mod i'n dianc yn ganol nos. Ond faint mae hi'n wybod, tybed?

'Oeddet ti wir yn meddwl 'mod i wedi cysgu drwy'r holl dwrw 'na,' medda hi, 'yr adeg ruthrodd y gath i mewn a tithau'n gollwng y goriadau ar y llawr?'

Cachu hwch. Y tro cynta oedd hwnnw.

'Tyrd â nhw i fi.' Dydw i ddim eisiau iddi hi gael y goriadau. Mae hi'n dal fy mraich yn dynn ac yn agor fy nwrn bach caled. Un bys styfnig ar y tro. Ei dwylo fel rhofiau. S'gen i ddim gobaith. Mae'r bwnsiad gwerthfawr ganddi hi rŵan.

'Wel wir! Dyma gasgliad diddorol.' Bysedda'r

cyfan yn orfoleddus 'Lle ddest ti o hyd i'r goriadau 'ma?'

Dydw i ddim eisiau cyfadde.

'Magi! Lle. Gest. Ti. Nhw?' Peidiwch â gweiddi, plis, fydd pawb yn y tŷ yn deffro os waeddwch chi fel hyn.

'Mewn twll. Yn wal fy llofft i.' Rhywbeth i gau ei cheg hi.

'A! Felly dyna lle wnaeth Rwth eu cuddio nhw.'

Mae hi'n gwybod popeth. Goriadau. Rwth. Dianc. Y cwbwl lot. Dwi'n teimlo fy mol i'n drwm, fel taswn i wedi llyncu llond sach o dywod gwlyb.

'Hogan fach benderfynol iawn oedd Rwth. Wnes i ei dal hi'n trio dianc droeon.'

Mae hyn yn mynd o ddrwg i waeth. A' i byth o Aberhiraeth rŵan. A does gen i ddim gobaith mynd i Gwag y Nos i achub Idris nac Elsi.

'Plis peidiwch â deud wrth Mrs Rowlands,' dwi'n crefu.

'Mrs Rowlands?' medda hi. 'Yr ast ddauwynebog yna?' Mae hi'n dechrau chwerthin. Gwên lydan, ceg wag. Dydw i erioed wedi clywed Cwc yn chwerthin o'r blaen.

Yn araf bach mae popeth amdani hi'n trawsnewid yn llwyr. Crychau ei hwyneb yn meddalu fel cyrents mewn dŵr berw. Ei hosgo wedi altro hefyd, ei chefn yn sythach, ei phen yn uwch, mae hi'n ysgafnach ar ei thraed. Dwi'n cael y teimlad mai hon ydy'r Catherine go iawn. A dydy hi ddim yn cael dod allan yn aml.

'Wna i ddim deud wrth honno, siŵr iawn. Dim ffiars o beryg.' Mae'r Cwc newydd 'ma'n hollol wahanol. Dwi wedi synnu. 'Cau dy geg wir, wnei di lyncu pry.'

Mae'n rhaid 'mod i'n gegrwth. Yn edrych arni hi'n hurt.

Felly mae Cwc yn ffrind wedi'r cyfan. Wnaeth hi guddio hynna'n dda. Y dwrdio, y bwyd ffiaidd, y geg gam, flin. Pwy fyse'n meddwl ei bod hi'n twyllo cystal?

Erbyn hyn mae hi wedi rhoi ei siôl amdani ac yn procio'r tân. Gwres braf yn taro 'ngwyneb. Llefrith mewn sosban fach a'i rhoi ar y tân.

'Wna i lefrith poeth i ni'n dwy, efo 'chydig o fêl. Wnaiff o les i ti.'

'Diolch.'

Tra 'mod i'n chwythu ar fy llefrith cynnes a gwneud patrwm tonnau ar y croen, mae Cwc yn syllu arna i am hir iawn. O'r diwedd mae hi'n estyn y goriadau o'i phoced a'u gosod ar y bwrdd o 'mlaen.

'Dyna ti.'

'Diolch, Catherine.'

‘Lle ei di rŵan?’

‘’Nôl i Gwag y Nos. Mae’n rhaid i mi helpu Idris … y bachgen ’na oedd yn y stabal.’ Mae hi’n nodio’n eiddgar i mi ddeud yr hanes. Finnau’n rhannu’r cwbwl, yn falch o gael bwrw ’mol … ‘Felly dwi wedi addo ei helpu o.’

Mae Cwc yn gwrando’n astud arna i’n egluro popeth.

‘Ac mae Elsi mewn perygl, medda Cora bore ’ma. Elsi ydy’n ffrind gorau i. Hi fydd y nesa i gael ei hanfon allan i weithio fel morwyn fach. Yr holl ffordd i Lerpwl. Mae hi’n rhy ifanc i wneud hynny.’

‘Felly mae Nyrs Jenat wrthi o hyd. Mae eisiau rhoi stop ar honna,’ medda Cwc, sy’n amlwg yn cofio am ei chwaer, druan. ‘Dynes ddieflig ydy hi. Creulon.’ Mae hi’n bell i ffwrdd yn stwna yn ei phen. ‘Mae ’na rwbath mawr o’i le yn Gwag y Nos,’ medda hi wedyn, yn effro rŵan. ‘Dwn i ddim beth ydy o, Magi, ond dwi *yn* gwbod mai Nyrs Jenat ydy’r drwg yn y caws.’

Dwi’n cytuno efo hi. Mae ’na ryw gyfrinach dywyll yno. A dwi’n mynd i ddarganfod beth ydi hi.

‘Ti’n siŵr y byddi di’n saff?’ hola Catherine wrth glirio’r llestri.

‘Nac’dw. Ond rhaid i mi fynd yn ôl. Rhaid i mi wneud rhwbath.’ Dwi’n benderfynol.

'Fyddi di'n oer, Magi, cer i nôl carthen o 'ngwely. Wna i rywfaint o fwyd i ti. Fydda i ddim chwinciad.' Ac i ffwrdd â hi i'r pantri i nôl torth a 'chydig o gig moch.

O fewn dim, dwi'n barod i fynd. Y garthen gynnes a thalp go dda o fwyd wedi'i roi mewn siôl a honno wedi'i chlymu'n dynn ar fy nghefn.

Dwi bron yn ddigalon yn meddwl am fynd a gadael pawb. Yn enwedig Neli.

'Dywedwch ta-ta wrth Neli gen i,' dwi'n mentro.

'Wyt ti eisiau deud rhwbath arall wrthi?' Mae Catherine yn craffu i fyw fy llygad i. Alla i ddim edrych arni. Plygu pen.

''Mod i'n sori. Sori mai hi gafodd y bai … am y gwallt.' Allan â fo, y cyfaddefiad poenus.

'Ia. O'n i'n amau. A'ch gwalltiau chi'ch dwy yr un lliw.'

Dwi eisiau i'r llawr fy llyncu. Y ffasiwn gywilydd.

'Paid ti â phoeni, mi eglura i wrthi hi,' medda

Catherine yn glên. 'A dwi'n gwbod y gwnaiff hi ddeall yn iawn. Mae hi'n meddwl y byd ohonat ti, w'sti.'

'Wna i'n iawn am hynna rhyw ddiwrnod,' medda fi. Ro'n i'n ei feddwl o.

Mae'r cloc mawr yn y cyntedd yn taro hanner nos wrth i Cwc fy nhywys i allan drwy'r drws cefn.

'Diolch yn fawr iawn i chi am bob dim, Catherine.'

Fydd hi mewn trwbwl ofnadwy os caiff hi ei dal. 'Dan ni'n dwy yn gwybod hynny.

'Dos wir, fydda i'n iawn. Wnaeth neb amau dim am Rwth, naddo!'

'Chi helpodd Rwth i ddianc?' medda fi'n syn.

'Wel ia, siŵr! Dydw i ddim mor gas ag ydw i'n edrych, w'sti!'

Mae hi bron iawn yn ddel pan mae hi'n gwenu.

28

‘Seren … Seren … Seren?’

Ymbalfalu i’r ogof dywyll ydw i rŵan. Baglu dros y cerrig anwastad. Gwymon gwlyb a broc môr dan draed ym mhob man. Llithro, syrthio’n drwm a sgriffio ’mhen-glin ar garreg finiog. Ias o boen hegar yn saethu trwy ’nghorff. Wedyn teimlo’r gwaed cynnes yn llifo rhwng fy mysedd ac yn rhedeg i lawr fy nghoes.

Fydd dŵr hallt y môr yn helpu ll’nau’r clwyfau. Ond mae’r halen a’r gro mân yn llosgi wrth i mi drin y briw. A dwi’n gweld dim. ’Chydig iawn o olau sy’n treiddio i mewn i’r ogof, er ei bod yn agos at leuad lawn.

Lle wyt ti, Seren fach? Lle aflwydd wyt ti wedi diflannu? Roeddwn i’n siŵr y byse hi wedi mynd yn syth i'r ogof yma i guddio. Eisiau lloches ar ôl dianc o'r stabal y noson ofnadwy 'na wythnos d'wetha.

Ond na, does dim sôn amdani. Waeth i mi droi 'nôl ddim. Felly dwi'n troi ar fy sawdl ac yn stryffaglu'n flêr allan o'r ogof.

Glywais i rywbeth?

Do – sŵn anadlu ysgafn rhywle yng nghrombil yr ogof. Sŵn gweryru tawel.

Seren! Erbyn i mi ei chyrraedd, mae'r afal gen i yn fy llaw yn barod. Dwi wrth fy modd yn ei gweld hi eto.

'Da'r hogan. Dyna ti.' Mae Seren yn falch o gael cwmni ar ôl iddi fod ar ei phen ei hun ers dyddiau. Mwytha fy mhen ac arogli fy ngwallt hallt. Teimlad braf. 'Dyna ni, Seren. Paid ti â phoeni. Dwi yma rŵan.'

Wrth i mi ei harwain hi allan o'r ogof, mae hi'n hercian yn flêr.

'Be sy'n bod, Seren? Ti 'di brifo dy goes?' Unwaith 'dan ni ar y tywod gwlyb, dwi'n cael cyfle i deimlo ei choesau a'i hystlys yn iawn i wneud yn siŵr nad ydy hi wedi'i hanafu.

Mae hi'n cerdded yn stiff ar ôl bod yn gaeth yn yr ogof laith. Ond ar ôl 'chydig funudau o rwbio'i chyhyrau nes eu bod nhw'n cynhesu, mae hi'n fwy ystwyth a'r osgo sionc, gyfarwydd 'na yn dod 'nôl.

Rŵan am y darn anodd – neidio ar ei chefn, a hithau heb gyfrwy na dim. Mae'r rhaff yn dal am ei gwddf ers iddi hi ddianc o'r stabal. Wnaiff honno fel ffrwyn, ond bydd rhaid i mi wneud heb gyfrwy.

Ar ôl ffeindio maen digon mawr a digon sad i ddal fy mhwysau, rhaid i mi gadw'r ferlen yn llonydd tra dwi'n neidio ar ei chefn hi.

'Tyrd rŵan. Tyrd i fan'ma, Seren, safa'n stond.' Gymaint haws pan oedd Idris efo fi i'w dal hi.

Mae'n cymryd tua tri chynnig, a'r llwyth yn fy siôl wedi datod droeon. Ond o'r diwedd dwi fyny yn uchel ar ei chefn hi ac yn gafael yn sownd yn ei mwng hir sy'n galed gan heli'r môr.

'Dos, Seren. Ji-yp.' I ffwrdd â ni.

Carlamu a charlamu. Chwys ar ei chefn. Finnau'n colli 'ngafael ac yn llithro i bob man, yn cael trafferth aros ymlaen heb wartholion dan fy nhraed i ddal fy mhwysau. Dros y dwnan ac ar hyd y llwybrau cul ger y môr. Mae'n beryglus rasio fan hyn yn y tywyllwch. Mieri, tyllau cwningod, creigiau – mae'r cyfan dan draed ac yn bygwth baglu'r ferlen. Ond mae Seren ddewr yn carlamu'n chwim dros y peryglon.

'Atishww!'

Damia. O'n i wedi anghofio bod ceffylau'n gwneud i mi disian. Mae anadlu trwy 'ngheg yn help. Ond mae'n llygaid i'n cosi, fy nhrwyn yn rhedeg a'm gwddw wedi chwyddo fel taswn i wedi llyncu cacwn blin a rheina 'di 'mhigo.

Yn y pellter mae'r môr yn disgleirio dan y lloer a rhyw awgrym o harbwr tref Pwllheli i'w weld. I lawr yr allt. Y môr fel llyn llefrith.

'Hei, ti!' Llais bachgen ifanc yn galw ar fy ôl i wrth i mi basio mastiau uchel llongau'r harbwr. 'Lle ti'n mynd?' Wna i ddim arafu, mae o'n ddigon pell i ffwrdd. Ac yn swnio fel llipryn.

Rasio rownd Capel Penmownt, i lawr Lôn Dywod a heibio'r Maes. Mae carnau prysur Seren yn frawychus o swnllyd wrth garlamu drwy'r dre. Eco mawr yn fy nilyn o un adeilad i'r llall ar y ffordd i Gwag y Nos.

Bron iawn yna.

Sŵn brefu uchel a phedolau'n clacio. Mae porthmyn Pen Llŷn yn gyrru gyr anferth o wartheg tuag at y dre ar eu taith i Lundain. Ond maen nhw dal yn bell i ffwrdd a sŵn yr holl dda yn byddaru eco pedolau Seren.

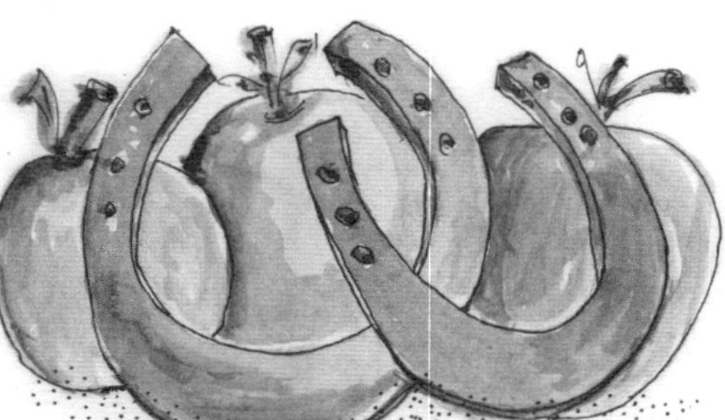

29

Tu allan i waliau llwyd Wyrcws Gwag y Nos. Seren yn laddar o chwys. Finna'n plicio fy hun o'i chefn tamp. Fydd rhaid i mi ei chuddio hi'n rhywle – ond lle? Mae 'na ryw goediach blêr tu cefn i'r adeilad. A' i fan'no. Mae hwnnw'n ddigon pell o'r giatiau mawr.

Clymu Seren yn dynn i frigyn cryf yng nghanol y coed. Dydy hi'n gwneud dim smic. Rhywsut, mae hi'n synhwyro ein bod ni mewn perygl.

'Ddo' i ag Idris allan o fan'ma, gei di weld.' S'gen i ddim syniad a ydy hi'n deall go iawn, ond yn fy nychymyg mae ei llygaid meddal yn sgleinio mewn gobaith.

Dydw i ddim wedi meddwl beth i'w wneud nesa. Does gen i ddim math o gynllun. Ond bydd rhaid i mi fynd i mewn rhywsut. Ers talwm roedd 'na sôn bod y wal tu ôl i'r corffdy yn haws ei dringo. Does neb yn debygol o ddianc o fan'no.

Mae'n siŵr mai fi ydy'r person cynta i dorri i *mewn* i'r Wyrcws – trio dianc mae pobol fel arfer. Yn ara' deg, dwi'n dechrau dringo'r wal. Yn gwthio i fyny yn ofalus. Anodd ffeindio tyllau digon mawr i 'nhraed i ffitio rhwng y cerrig er mwyn i mi wthio fy hun i fyny'r wal.

Mae fy mhen-glin wedi dechrau gwaedu eto, y briw ges i yn yr ogof wedi agor yn hegar.

Paid â meddwl, Magi. Paid â stopio, canolbwyntia ar ddringo. Un cam ar y tro.

Ar ben y wal mae pigau miniog, peryglus. Darnau brwnt o wydr sharp yn sownd yn y mortar. Be wna i rŵan? Y garthen – diolch, Catherine. Clustog berffaith. Ond jest wrth i mi gyrraedd pen y wal, ac ymbalfalu dros y garthen, dwi'n clywed sŵn …

Sgidiau hoelion mawr yn crafu'n drwm yn y gro. Dwi'n sownd yn fy unfan. Methu symud. Wedi fferru mewn ofn. Mae rhywun wedi 'ngweld i. Sŵn y traed trwm yn dod yn agosach ac yn agosach …

'Pwy sy 'na?' Merch yn hisian.

Dwi'n nabod y llais 'na. 'Elsi! Fi sy 'ma, Magi. Helpa fi i lawr.'

'Be? Magi! Tyrd, wna i dy ddal di.'

Mae hi'n dal fy fferau'n dynn a finnau'n llithro i lawr y wal ar ras. Yn poeni dim am y sgriffiadau. Ar y llawr, 'dan ni'n dwy'n cofleidio mor dynn, dwi'n methu anadlu.

'Ddest ti 'nôl, Magi!' Mae'i gwallt cyrliog blêr yn cosi 'nhrwyn.

'Tyrd, s'gynnon ni ddim llawer o amser,' medda fi'n gyflym, fy llais yn gryg.

30

Wrth i ni sleifio drwy'r iard draw at adain y plant, mae arogl cyfarwydd Gwag y Nos yn dod â chymaint o atgofion atgas yn ôl, mae 'mhen i'n troi. Prin alla i glywed Elsi'n siarad.

'Mae 'na rwbath ofnadwy wedi digwydd heno ...' Mae hi'n ysgwyd fy mraich i. 'Magi, ti'n clywed?'

Dwi'n ystumio 'mod i'n clywed, yn trio dal fy ngwynt rhag drewdod yr atgofion. 'Rhyw lanc ddaeth yma wythnos d'wetha ...'

'Idris.' Gobeithio 'mod i ddim rhy hwyr.

'Ti'n nabod o? Tyrd i ti gael clywed yr hanes i gyd.' Ac yn ddistaw bach awn ni i fyny'r grisiau tywyll i dorm y plant.

Yr eiliad honno, dwi'n cofio am y pranc bwcedi dŵr ac yn cael fflach o'r atgof 'na o Nyrs Jenat yn syrthio i lawr grisiau a'i blwmars yn dangos.

Dim ond rŵan dwi'n sylweddoli – dyna pam gafodd hi wared ohona i. Dial. Am wneud ffŵl ohoni hi. Ac o flaen pawb. S'neb yn cael gneud hynny i Nyrs Jenat … a dianc heb gosb.

I mewn â ni i'r dorm. Mae holl blant y Wyrcws yno, yn un haid lychlyd. Pawb yn sibrwd ac yn cynllwynio. Eu llygaid yn llydan naill ai mewn ofn neu gyffro – dwi ddim yn siŵr pa un.

'Now Bach, deud wrth Magi be welaist ti heno.'

Gymrodd hi 'chydig eiliadau iddo fo fy nabod i. 'Magi! Ti 'di dod yn ôl!' gwaeddodd, gan ruthro ataf a'm clymu mewn rhyw fath o gwtsh blêr.

'Ydw, Now. Rŵan deud y stori, reit o'r dechrau,' medda fi'n ddifynadd wrth ei ddatod o 'nillad.

'Tua wyth o'r gloch y nos oedd hi ac o'n i'n cario dwy fwced o ddŵr glân i'r seilam,' medda Now ar frys. 'Ar ben pella'r coridor roedd 'na sŵn gweiddi ofnadwy. A sŵn cwffio ffyrnig. Robat Wyllt. Es i guddio tu ôl y piler rhag ofn iddo fo 'ngweld i. Roedd Robat yn rhoi stid go hegar i rywun …'

'Idris oedd o? Yr hogyn newydd?'

'Ia. Idris. Y Nafi. Doedd gynno fo ddim gobaith. A syrthiodd o'n anymwybodol ar y llawr. Dyna pryd y daeth Nyrs Jenat allan o'r cysgodion.'

'Roedd hi wedi gweld y cwbwl,' eglurodd Elsi. Synnu dim, meddyliaf.

‘Oedd, y cwbwl lot,’ medda Now wrth gario ’mlaen efo’i stori. ‘Yn fuan wedyn, lapiodd Nyrs Jenat a Robat Wyllt gorff swpa Idris yn dynn mewn cynfas fawr a’i gario tuag at y corffdy. Un bob pen. Erbyn iddyn nhw basio fi, roeddwn i wedi gwthio fy hun reit i mewn i ffrâm drws rhyw storfa i guddio yn y cysgodion. O’dd gen i gymaint o ofn, a ’nghalon i’n pwmpio mor swnllyd, o’n i’n poeni byse Nyrs Jenat yn ei chlywed hi’n dyrnu. A jest wrth iddyn nhw fynd heibio, fe lithrodd y gynfas a ges i gip ar wyneb Idris. Llwyd. Ei lygaid ar agor. Wedi trengi …’

‘Wedi marw …?’ Anadlaf yn drwm trwy ’ngheg er mwyn sadio fy hun.

Dwi’n rhy hwyr.

‘Na, Magi,’ medda Elsi, ‘mae ’na fwy i’r stori … Now?’

‘Ia, o’n innau’n meddwl ei fod o ’di marw hefyd, ond jest wrth ddrws y corffdy, glywais i Nyrs Jenat yn deud wrth Robat, “Wnaiff hwn ddim byw tan y bore.” Dyna’n union ddywedodd hi,’ medda Now Bach yn bwysig, ‘ “Wnaiff hwn ddim byw tan y bore.” ’

‘Felly,’ medda fi, wedi’i dallt hi o’r diwedd, ‘mae Idris yn dal yn fyw.’

‘Ydy,’ medda Elsi, ‘ac wedi cael ei gloi yn y corffdy.’

31

'Be wnawn ni?' medda'r criw. Mae dwsin o barau o lygaid yn syllu arna i am ysbrydoliaeth.

Peidiwch ag edrych arna i – s'gen i ddim syniad be i'w wneud.

'Magi, be ti'n feddwl?' Elsi sy'n holi. 'Sut fedran ni helpu Idris?' Mae ei chyrls yn fwng bywiog. 'Ti bob tro'n gwbod be i'w wneud.'

Ydw i? Bob tro yn gwybod be i'w wneud? Dydy hi byth yn teimlo fel'na. Pethau sy'n digwydd *i* fi fel arfer. A finnau'n gorfod gwneud be sy'n teimlo'n iawn.

Wel, y tro 'ma, dwi'n gwybod yn union be sy'n teimlo'n iawn.

'Reit. Dyma'r cynllun.' Rhywsut, dwi 'di dringo i fyny ar ben stôl. 'Mae'n rhaid i ni achub Idris cyn ei bod hi'n rhy hwyr.' Mae 'na wawr o ryddhad ar eu hwynebau nhw i gyd. Yn falch bod rhywun yn fòs, yn deud wrthyn nhw be i'w wneud, be i'w feddwl.

'Fydd Nyrs Jenat a Robat 'nôl yn y corffdy 'na cyn iddi hi wawrio. Ac os bydd Idris yn dal yn fyw erbyn hynny, wnaiff Robat orffen y job.'

Mae Elsi yn nodio'n ffyrnig, yn cytuno â bob dim dwi'n ddeud.

Dwi'n cario 'mlaen. 'Reit. Now Bach a Gwen – chi sy'n gyfrifol am Nyrs Jenat. Sam a Guto – chi ydy'r cryfa, felly chi fydd yn cadw golwg ar Robat Wyllt. Arhoswch yn ddistaw bach y tu allan i'w stafelloedd nhw. Gwnewch yn siŵr eu bod nhw'n aros yn eu llofftydd. Ac os ydyn nhw'n dod allan, stopiwch nhw rhag dod yn agos at y corffdy.'

'A sut wnawn ni hynny?' medda Sam dan swnian. 'Mae'r dyn yn fwystfil.' Chwarae teg, mae o'n llygad ei le. Mae Robat ddwbwl ei faint o.

'Dwn i'm – cogio dy fod yn sâl, neu wedi baglu … neu rwbath,' dwi'n awgrymu. Oes rhaid i mi feddwl am bob dim?

'Gen i gymaint o ofn, fydda i wedi chwydu neu cachu fy hun,' medda Sam yn boenus.

'Wel mae hynny siŵr o weithio, dydy, Sam!' Fi'n trio ysgafnhau pethau. Ac mae o'n gweithio – mae pawb yn chwerthin.

Dwn i ddim a ydy'r lleill yn sylweddoli, ond

mae codi reiat fel hyn yn drosedd. Terfysg. Miwtini. Mae'n ddifrifol iawn ac os aiff y cynllun o'i le, ni fydd yn diodde. A fi, yn fwy na neb.

Gwell peidio meddwl am hynny.

'Rŵan, y gweddill ohonoch chi ...' Ffug ddewrder sy'n siarad. 'Cuddiwch lle fedrwch chi a gwyliwch rhag ofn i unrhyw un styrian.' Mae'r rhai bach yn nodio'n wyllt, jest â marw eisiau bod yn rhan o'r antur fawr.

'Elsi – ti a fi am dorri i mewn i'r corffdy, ffeindio Idris a'i gael o allan o 'na cyn gynted ag y medran ni, cyn i Nyrs Jenat gael gafael arno fo bore fory.' Meddwl yn uchel ydw i – s'gen i ddim clem sut i wneud hynny eto.

'Ond mae'r môrg wedi cloi, Magi …' Ydy wrth gwrs, mae Elsi yn iawn. 'A'r goriad gan Nyrs Jenat. Mae hi'n cysgu efo nhw i gyd o dan ei gobennydd bob nos.'

'Y goriad …' medda fi dan feddwl. 'Goriad.'

Goriad – ia siŵr, y bwnsiad o oriadau.

Os oedd Rwth wedi bod yn dwyn yr holl oriadau 'na, mae'n debyg y byse ambell un wedi dod o Gwag y Nos. A phwy a ŵyr pa ddrysau maen nhw'n agor? 'Dan ni ddim gwaeth â trio. Unrhyw beth i osgoi turio o dan obennydd Nyrs Jenat tra'i bod hi'n cysgu.

'Mae gen i syniad. Elsi, tyrd ti efo fi.' Dwi'n gafael mewn llusern fach.

'Pob lwc, bawb,' medda fi cyn i'r criw chwim wasgaru ar ras. Pob un â'i job.

32

Sefyll yn y coridor y tu allan i ddrws y corffdy mae Elsi a fi erbyn hyn. Y bwnsiad o oriadau rhydlyd yn fy llaw.

'Lle gest ti rheina?'

S'gen i ddim amser i egluro'n iawn wrthi. 'Ffeindio nhw wnes i. Jest gobeithio bod un yn agor y drws 'ma.'

'Dwi mor falch bo' ti yma, Magi.'

'Paid â mwydro.' Fi, yn ddifynadd wrth ddewis goriad. 'Dal y llusern 'na'n agos, Elsi, fedra i ddim gweld.'

''Dan ni dy angen di, 'sti. Ti ydy'r unig un sy'n ddigon dewr i herio Nyrs Jenat.'

Fi? Yn ddewr? 'Ond dydw i ddim yn trio herio neb. Dwi jest yn casáu ei gweld hi'n bwlio pawb.'

'Wel, dim ond un rebel sy ei angen i wneud

gwahaniaeth. A ti ydy honno, Magi,' medda Elsi yn codi'r llusern yn uchel a dal fy llygad am hir. 'Ti'n arwres.'

Mae 'ngwddw i'n chwyddo, fy llygaid yn llosgi a 'mochau i'n boeth. 'Tyrd wir, rhaid i ni frysio.' Gwasgaf ei llaw bach oer hi. 'Yli, tynna di'r bwlyn i fyny a wna i drio'r goriadau.'

'Brysia, Magi,' medda Elsi.

Dwi'n gwneud fy 'ngorau. Ond dydy hyn ddim am weithio.

'Beth am yr un bach 'na?' medda hi. Dwi heb ei ddefnyddio achos mae'n edrych yn rhy fach i ddrws mawr fel hwn. Ond i blesio Elsi, dwi'n rhoi cynnig arni beth bynnag …

Clic! Haleliwia, mae'n gweithio. Rhyddhad. Cyn i ni feddwl pa uffern sy o'n blaenau …

Mae chwa oer o arogl pydredd yn chwydu drostan ni wrth i ni agor y drws.

'Gen i ofn, Magi,' medda Elsi, yn gafael yn fy ngarddwrn i mor dynn mae'r croen yn llosgi. 'Fedra i ddim …' medda hi, yn crynu drosti. 'Fedra i ddim mynd i mewn i fan'na.' Hyd yn oed yn y tywyllwch, alla i weld yr arswyd yn ei llygaid hi.

S'gen i ddim dewis.

'Yli – paid â phoeni, af i mewn. Arosa di allan yn fan'ma. Os ti'n clywed rhywun yn dŵad, neu unrhyw beth o gwbwl, cnocia'r drws i rybuddio fi.'

Mae rhyddhad ar wyneb Elsi.

'Wyt ti'n siŵr y byddi di'n iawn, Magi? Ti ofn tywyllwch, yn dwyt?'

'Na, dydw i ddim ofn tywyllwch ddim mwy,' medda fi.

Ac ro'n i ei feddwl o.

33

Y drewdod sy'n fy nharo gynta. Arogl sy'n glynu i ti fel darn o gachu ci ar wadn dy esgid. Pydredd sy'n treiddio drwy bopeth.

Niwl tamp, trist, a hwnnw wedi suddo i'r waliau, cuddio yn y corneli, wedi stwffio rhwng y teils ar y llawr. Yn gwthio i lawr i 'mherfeddion. Mae'r chŵd sy'n codi i 'ngheg yn blasu'n felys o'i gymharu.

Camu i mewn i'r stafell fach, oer efo teils lliw gwaed ar y waliau. Fferru mewn ofn pan mae corwynt o bryfed corff yn chwythu i 'ngwyneb fel huddyg du. Lliwiau glas a gwyrdd eu hadenydd gloyw yn ffiaidd o dlws.

'Idris, Idris,' dwi'n sibrwd i'r düwch. Dim ateb.

Tri chorff sydd i'w gweld yng ngolau'r gannwyll wan. Pob un ar slabyn trwchus o farmor cochddu ac wedi'i orchuddio gyda chynfas lwyd drom. P'run ydy Idris?

Codi'r gynfas oddi ar y corff cynta. Gwallt cochlyd. Brychni ar groen gwyn. Gwraig ganol oed, denau. Dwi'n ei nabod hi. Roedd hi'n gweithio yn y gegin. Mary rhywbeth – dwi ddim yn cofio'n iawn. Ond dwi yn cofio'i bod hi'n ddynes flin. Bob tro yn rhoi mwy o fwyd i'r hogia na'r genod. Yn sleifio nionod allan o'r gegin o dan ei ffedog i'w bwyta'n amrwd yn y nos. S'dim syndod ei bod hi'n drewi.

Ai fan hyn oedd Mam? Yn gelain yn yr uffern rynllyd yma?

Na. Na. Na. Canolbwyntia, Magi. Paid â meddwl.

Hen ŵr musgrell sy o dan y gynfas ar y slabyn nesa. Gwallt gwyn, hir, a hwnnw wedi melynu gan saim. Dim dant yn ei ben. Dwi methu stopio syllu ar ei geg sy fel twll tin cath. Ei ên yn flewiach blêr i gyd a'i wddw fel croen iâr. Cardotyn, ella? Teithiwr? Neb ydw wedi'i weld o'r blaen, beth bynnag.

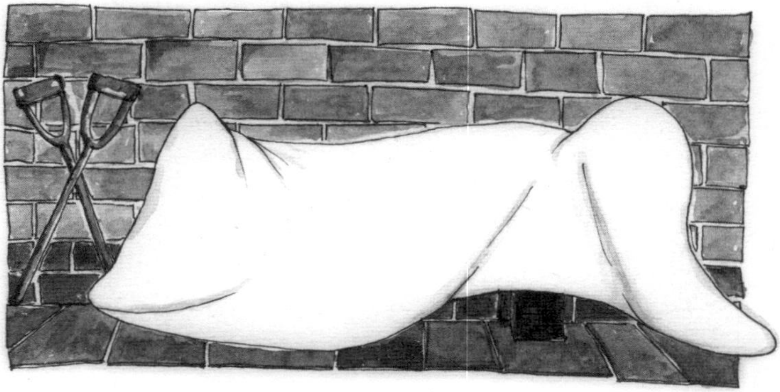

Un corff sydd ar ôl.

'Idris! Idris!' Dwi'n ei ysgwyd yn ysgafn. Dim ymateb. Dim symudiad. Dim byd. Hollol swrth.

Ydw i'n rhy hwyr? Dwi'n plygu drosto i wrando a ydy o'n anadlu. Ydy, yn ysgafn iawn.

Ei ysgwyd eto. Yn galetach y tro yma. Pwniad go benderfynol. 'Idris. Deffra. Tyrd, Idris.' Yn araf bach, mae'n dechrau styrian. Anadlu'n gryfach. Ei amrannau'n symud, ei lygaid yn araf agor. Mae'n edrych arna i am hir cyn fy nabod i.

'Magi? Ti sy 'na?'

O'r diwedd mae o 'nôl ar dir y byw. Y rhyddhad yn aruthrol. Dwi bron â rhoi 'mreichiau amdano a'i wasgu'n dynn ond yn stopio fy hun jest mewn pryd.

'Idris, tyrd, mae'n rhaid i ti ddod efo fi. Allan o fan'ma.' Dwi'n gafael yn ei ysgwyddau a thrio'i helpu i godi. 'Idris, brysia. Coda,' dwi'n sibrwd. S'dim angen sibrwd. S'dim un dyn byw yn ein clywed ni. Pam fod pobol yn sibrwd o gwmpas y meirw, tybed?

Idris druan, mae o'n swrth a'i ben yn rowlio ar ei sgwyddau wrth i mi ei godi ar ei eistedd. 'Idris, tyrd, helpa fi.' Mae ei fraich yn llipa am fy ngwddw a finnau'n ceisio dal ei bwysau a'i halio ar ei draed. Ond mae o'n rhy drwm i mi ac yn syrthio 'nôl ar ei eistedd ar ochor y slab.

Os nad ydw i'n ei gael o allan o'r môrg, yma fydd o tan y daw Robat yn ôl ben bore.

Be wna i? Be wna i?

Edrychaf o'm cwmpas mewn panig. Yn y gornel, yn pwyso yn erbyn y wal, mae pâr o hen ffyn baglau. Wnaiff rheiny'r tro.

Yn araf iawn, iawn, bagl o dan un gesail a finnau dan y llall, mae Idris yn llwyddo i godi ar ei draed a 'dan ni'n dau'n dechrau hercian tuag at y drws.

Mae'r drewdod a'r gwynt cas yn pwyso i lawr arnan ni. Yn ein gwneud yn drwm ac yn llesg, fel trio symud o dan y môr. Mae'n teimlo fel hydoedd cyn cyrraedd y drws.

'Elsi, Elsi,' sibrydaf. 'Agora'r drws.'

34

Unwaith mae Idris yn y dorm, yn ddigon pell o ddrewdod y corffdy, mae'n dechrau dod ato'i hun. Yn dechrau cynhesu dan y garthen drom. Yn eistedd i fyny, ei wallt golau wedi sbwbio'n flêr. Mae o'n cythru cwpaned o ddŵr oer gen i, a'i lowcio'n gyflym.

'Be ddigwyddodd, Idris?' dwi'n mentro. 'Dan ni i gyd ar bigau drain eisiau gwybod yr hanes. 'Cym dy amser …'

Mae Idris yn pigo ar groen ei ewinedd yn ddiddiwedd, heb sylwi. Pan mae'n barod i siarad, mae ei lais yn groch ac yn dawel ond 'dan ni i gyd yn clywed.

'Dechre nosi o'dd hi a ro'n i yn eistedd yng nghornel bella'r seilam, chi'n gwbod, o dan y ffenest fach. Dwi'n mynd i fyn'na i gal 'chydig o awyr iach weithie. A tu fas roedd Nyrs Jenat a Robat Wyllt yn pasio, ar eu taith noswylio arferol.'

'Ia?'

'Wel, fe stopon nhw reit o dan y ffenest. Yn sibrwd yn dawel fach. O'dd rhyw sgwrs gyfrinachol rhwng y ddau. O'n i ddim yn 'u deall nhw i ddechre ond ar ôl i mi ddod i arfer â'u lleisie, glywes i Robat yn dweud rhywbeth am Elsi.'

Dwi'n dal llygad Elsi am eiliad slei cyn bod Idris yn cario 'mlaen.

' "Faint gei di?" dwi'n meddwl wedodd e. O'dd e'n weddol anodd ei ddeall. Ond o'dd ateb Nyrs Jenat yn ddigon eglur. Wedodd hi y byse hi'n cael pris da am Elsi. A wedyn wedodd hi wrth Robat y bydde fe'n cael ei siâr o'r arian am gadw'n ddistaw, fel arfer.'

'A ti'n siŵr mai amdana i oedd hi'n sôn?' medda Elsi, ei llygaid yn soseri.

'Odw, bendant, glywes i hi'n deud dy enw di yn glir, Elsi. Fel cloch.'

Yn araf, dwi'n dechrau sylweddoli beth sydd wedi bod yn digwydd yma, a pha mor llwgr ydy Nyrs Jenat.

'Ond sut oedd Nyrs Jenat yn gwbod dy fod ti'n gwrando?' Fi sy'n holi.

'Fi o'dd yn dwp. Godes i lan i glywed yn well, a halio fy hun i fyny'n agosach at ffenest y seilam. Ond yn anffodus gymres i gam gwag, baglu a chwympo i lawr. Glywon nhw fi drwy'r ffenest. O'dd hi'n amlwg be o'n i'n ei wneud. A 'mod i wedi clywed pob gair o'u sgwrs nhw. Rhedodd Robat i mewn i'r seilam, am fy ngwaed i. Golwg wyllt ddychrynllyd arno fe. O'dd e wedi colli arno'i hun yn llwyr. Gafaelodd e yn fy ngholer a dechrau shiglo fi'n galed nes o'dd fy mhen yn pwnio'r wal gerrig. Tynnodd fi mas i'r coridor gerfydd fy ngholer nes bod fy ngwddw'n llosgi.'

Wrth iddo adrodd y stori, mae Idris yn pigo ar groen ei ewinedd eto. Heb sylwi tro yma chwaith. Dwi'n gafael yn ei fraich yn y gobaith wnaiff o stopio.

'Wedyn y dyrnu. Pwnio a pwnio. Bob man. 'Nghlustie ar dân. Sŵn crensh. Fy nhrwyn wedi malu. Fy wyneb i'n botsh. O'n i'n ceisio stopo fe, ond mae Robat fel anifail gwyllt. Yn fuan iawn o'n i wedi colli ffrwt a methu ymladd 'nôl.'

S'neb yn dy glywed yn sgrechian yn y seilam.

'Sa i 'n cofio dim wedyn, credu 'mod i 'di llewygu.'

'A dyna pryd welis i nhw,' medda Now Bach yn neidio fyny ac i lawr ar ei stôl yn gyffro i gyd. 'Yn cario Idris i'r môrg.'

Felly dyna ydy cyfrinach dywyll Gwag y Nos. Mae Nyrs Jenat yn gwerthu plant. Am arian. I'r byddigions lleol. Fel gweision …

Na, fel caethweision.

Arian budr.

35

Erbyn hyn mae hi'n dechrau gwawrio. Mae fy mhen yn plycio'n boenus wrth feddwl be i'w neud nesa.

'Be wnawn ni rŵan, Magi?' Sylla haid o blant arna i'n obeithiol. 'Dan ni i gyd yn gwybod y bydd Nyrs Jenat a Robat yn mynd yn syth i'r corffdy i chwilio am Idris. A phan welan nhw ei fod wedi dianc, fyddan nhw'n gandryll. Idris druan, ei drwyn yn gig amrwd, ydy'r unig un sy'n dallt yn iawn nad oes ateb hawdd.

Ac yn y diwedd, Idris sy'n deud y peth amlwg. 'Rhaid i ni gael help, Magi. S'dim dewis 'da ni, mae'n rhaid gweud wrth Mr Watkins beth mae Nyrs Jenat wedi bod yn ei wneud.'

'Ond a fydd o'n ein credu ni?' medda fi, yn poeni. 'Ein gair ni yn erbyn Nyrs Jenat fydd hi. A does neb yn trystio ni blant y Wyrcws, nag oes?'

‘Fydd o’n siŵr o dy goelio di, Magi …’ mae Elsi’n ychwanegu’n gyflym cyn i mi wrthod. ‘Ac unwaith welith Mr Watkins yr olwg sy ar Idris, fydd o’n dallt yn iawn.’

Dydw i ddim mor siŵr am hynny. Doedd Mr Watkins erioed yn meddwl rhyw lawer ohonof fi pan o’n i yn Gwag y Nos. A finna’n ddraenen yn eu hystlys nhw, yn torri rheolau byth a hefyd. Ac i feistr Wyrcws fel Mr Watkins, mae wastad ochor arall i bob stori.

‘A’ i nôl chwaneg o ddŵr i Idris,’ medda fi, yn trio cael mwy o amser i feddwl.

Wrth gerdded i lawr y grisiau dwi’n cael cyfle i ystyried be dwi newydd glywed. Nyrs Jenat yn gwerthu plant. Fel caethweision. A bod byddigions fel Mrs Rowlands Aberhiraeth yn rhan o’r cynllun. Mae’n anodd credu’r peth.

Ond mae’r darnau’n disgyn i’w lle. Yr amlen fach frown ’na o arian. Mrs Rowlands yn gwneud i Neli gloi fi yn fy stafell rhag ofn i mi ddianc. A dim cyflog – ches i ddim dimau o bres yn Aberhiraeth. A beth am Rwth? Roedd hi yn gaethwas fel fi, dwi’n siŵr.

Dwi’n gwybod yn iawn ei fod yn wir.

Ar waelod y grisiau, dwi’n dal i bendroni. Ond yn sydyn dwi’n clywed rhywbeth sy’n troi ’ngwaed yn rhew.

Sŵn crafu. Coes glec Nyrs Jenat yn crafu'r llawr carreg. Maen nhw'n dod. Yr eiliad nesa, dwi'n cuddio o dan y grisiau, yn gwthio fy hun i dywyllwch y pren a llechu yn y llwch. Dydy hi na Robat yn fy ngweld i wrth i'r ddau ruthro i fyny'r grisiau i ddal Idris, a chosbi'r plant sy wedi'i helpu i ddianc o'r corffdy.

Yr eiliad dwi'n clywed Nyrs Jenat yn dechrau dwrdio, 'Fydd hi'n bleser eich cosbi chi am hyn, y tacla,' dwi'n sleifio o'm cuddfan ac yn rhedeg â 'ngwynt yn fy nwrn allan i'r wawr.

36

Rasio drwy'r iard ydw i rŵan. Rhedeg nerth esgyrn fy nhraed. Dringo 'nôl i fyny dros wal gefn y Wyrcws. Dros y pigau gwydr heb deimlo dim o'r crafiadau. Rhwygo fy sgert. Poeni dim. Ac o fewn munudau dwi 'nôl yn y coediach cudd.

Ydy, mae Seren dal yna, yn aros yn amyneddgar, chwarae teg. 'Diolch i ti, Seren fach.' Ar frys, dwi'n gafael yn ei mwng a neidio fyny ar ei chefn hi. Mae hithau'n synhwyro bod rhywbeth mawr o'i le ac yn cadw'n hollol lonydd nes 'mod i wedi sadio.

'Ji-yp. Rhed fel y gwynt, Seren.'

Mewn amrantiad, mae Seren yn carlamu allan o'r coed a rownd y wal, draw at y giatiau trwm ym mlaen Gwag y Nos. A minnau'n ysgafn ar ei chefn hi, yn dal ei mwng hi yn dynn, dynn jest fel ddysgodd Idris i mi.

Y tu allan i'r giatiau 'dan ni'n stopio'n stond. Maen nhw wedi'u cloi a chadwyni wedi'u lapio ddwywaith rownd y clwydi. Rhaid i ni fynd i mewn i'r Wyrcws. Ond alla i byth agor y cadwyni trwm 'ma.

Yr eiliad nesa, mae Seren yn codi ei charnau'n uchel a chicio a chicio'n wyllt nes bod y cadwyni rhydlyd yn malu'n rhacs. Finnau'n dal yn dynn yn ei mwng, rhag ofn i mi lithro oddi ar ei chefn.

'Dan ni i mewn. Rhuthro ar draws yr iard flaen. Sŵn carnau Seren yn eco afreolus ar y waliau ac yn swnio fel haid o geffylau gwyllt. Reidio'n syth drwy'r drws mawr ac i mewn i'r Wyrcws. Mae'r sŵn yn fyddarol.

Dwi'n gwybod lle fyddan nhw. Ac yn clywed sŵn Robat yn gweiddi cyn i mi droi i mewn i goridor y corffdy. Dyna nhw, pen pella.

Wela i Robat yn tynnu Idris gerfydd ei grys ar hyd y coridor yn ôl tuag at y môrg, Nyrs Jenat y tu ôl iddo a'r plant i gyd yn syllu arnyn nhw'n ddiymadferth, fel tasan nhw wedi rhoi'r ffidil yn y to, wedi colli plwc.

Wrth glywed carnau Seren yn taranu i lawr y coridor, mae pawb yn troi i edrych arnan ni. Ac mae'r ofn yn llygaid Nyrs Jenat yn rhoi arswyd o bleser i mi.

'Magi Bryn Melys. Be ti'n wneud yma?'

Rhywsut, mae Seren yn gwybod yn iawn beth i'w wneud. Mae'n sgrialu i lawr y coridor at Robat, yn codi ei charnau a gweryru'n wyllt, ei llygaid yn rowlio a'r gwyn yn disgleirio'n lloerig. Hollol frawychus. Ac mae hyd yn oed Robat ofn ceffyl gwyllt.

Mewn amrantiad mae Robat yn gollwng Idris, a Nyrs Jenat yn gollwng ei goriadau ar y llawr. Fel fflach mae Now Bach yn eu cicio i lawr y draen agosaf. Nyrs Jenat wedyn yn bagio 'nôl ar hyd y coridor, yn poeri gweiddi, bygwth a hefru. Llygoden fawr ffiaidd wedi'i chornelu.

Erbyn i Nyrs Jenat a Robat gyrraedd diwedd y coridor, does nunlle arall i ddianc. I mewn â nhw i'r môrg i chwilio am loches.

Yr eiliad maen nhw i mewn, dwi'n neidio i lawr o gefn Seren, estyn fy ngoriadau ffyddlon o boced fy ffedog a chloi drws y corffdy. Carchar ydy hwn rŵan, dim lloches.

Erbyn hyn mae'r criw o blant blêr wedi mynd yn wirion bost y tu ôl i mi, yn gweiddi a sgrechian hwrê.

Pawb heblaw am Idris. Mae o'n anwesu Seren yn dawel fach. A hithau'n mwytho ei glwyfau'n dyner. Llonyddwch o fewn yr holl gyffro.

37

Crac. Sŵn chwip y tu ôl i ni. Pawb yn troi mewn braw. Mr Watkins, meistr y Wyrcws sy 'na.

'Beth ydy hyn? Ffurfiwch resi y munud yma. Sefwch yn syth. Peidiwch â symud.' Mae pawb yn sobri a sefyll yn ufudd mewn rhes syth. 'Now, dos â'r ferlen 'na allan i'r stabal ar unwaith.'

Mae Mr Watkins mewn tempar go iawn, ei wyneb yn wawr o chwys. 'Beth yn y byd sy'n digwydd fan hyn?' Mae'r chwip yn crynu yn ei law ac yntau'n barod i'w defnyddio.

'Mae creu cynnwrf o'r math yma yn hollol annerbyniol,' medda Mr Watkins wrth gerdded i lawr y rhes yn syllu arnan ni i gyd yn ein tro.

Pan mae o'n fy ngweld i, medda fo, 'A phwy wyt ti?'

'Magi, syr. Bryn Melys.'

Mae o'n craffu'n agosach. 'Magi Bryn Melys … ti aeth i Aberhiraeth? Beth wyt ti yn ei wneud 'nôl yma? Ti sy'n gyfrifol am yr holl stŵr yma?'

'Na, syr,' medda Elsi yn syth. 'Helpu ni oedd Magi.'

'A ble mae Nyrs Jenat?' Mae'r meistr yn arthio arnan ni i gyd.

Bydd egluro hyn yn anodd. Anodd iawn.

'Dewch blant. Atebwch fi. Ar unwaith,' medda Mr Watkins, cyn troi ataf i. 'Magi, ble mae Nyrs Jenat?'

'Wel …'

Erbyn hyn mae sŵn curo mawr yn dod trwy ddrws y môrg.

'Help! Mr Watkins! Mae'r plant 'ma'n rhedeg reiat.'

'Nyrs Jenat? Chi sy 'na?' Mae Mr Watkins yn troi at y llais. 'Yn y corffdy?'

'Ie, syr. A Robat. Mae'r cnafon wedi'n cloi ni mewn yn fan'ma.' Mae ei llais yn denau trwy'r derw trwm.

Mae wyneb Mr Watkins yn fap o flotiau mawr piws. Mae'r dyn yn gandryll. 'Dewch â'r goriad i mi ar unwaith, Magi.'

'Na …'

'Na?' Mae Mr Watkins yn dechrau codi ei lais. 'NA?'

'Gawn ni egluro gynta, syr?' medda fi, yn dal y goriadau'n dynn.

'Egluro codi reiat fel hyn a chloi dau aelod o staff Gwag y Nos yn y corffdy?'

Dydy hyn ddim am fod yn hawdd.

'Mae Nyrs Jenat …' Dwi'n siarad yn bwyllog.

'… a Robat Wyllt,' medda Elsi'n rhoi'i phig i mewn.

'… yn gwerthu plant.' Fi eto.

'Gwerthu plant?' 'Dan ni wedi dal sylw Mr Watkins erbyn hyn. 'Beth yn y byd ydych chi'n ei feddwl?'

Anadl ddofn. Dyma ni …

'Ia, syr. Dyna beth ddigwyddodd i fi. Roedd Nyrs Jenat wedi 'ngwerthu i i Mrs Rowlands, i weithio yn Aberhiraeth fel morwyn fach. Ac yn fan'no, ges i 'nghloi yn yr atig bob nos, fel taswn i yn y carchar.'

'A dim Magi oedd yr unig un chwaith,' medda Elsi, ar dân. 'Roedd Nyrs Jenat wedi gwerthu Rwth i Mrs Rowlands Aberhiraeth hefyd, nes i honno redeg i ffwrdd.'

'Wel mae hyn yn gwbwl anghredadwy.' Mae gwallt Mr Watkins yn weiars gwyllt, fel arian byw. 'Pa dystiolaeth sydd gennych chi?'

‘Fi glywodd nhw’n cynllwyno, syr.’ Llais dwfn Idris yn egluro’n araf. ‘Yn sôn am y pris da fydden nhw’n ei gael am Elsi.’

‘Ia, fi oedd i fod nesa, syr,’ ychwanega Elsi’n gyflym.

‘Dydy clustfeinio ar sgwrs breifat ddim yn ddigon i ’mherswadio fi, Idris,’ medda Mr Watkins. ‘Yn enwedig gan glaf sy yn y seilam.’

‘Ond dydy Idris ddim i fod yn y seilam, syr. Dydy o ddim yn wallgo. Cael ffitiau mae o.’ Dwi’n berwi’n wyllt.

Wela i wyneb Idris yn sigo. Does neb am gredu ein stori ni. Dydw i ddim yn siŵr a ydw i’n ei chredu hi fy hun erbyn hyn.

‘Felly dyna’r unig dystiolaeth sydd gennych chi?’

Brysia, Magi. Meddylia. Cofia. Cofia … Rhywbeth …

‘Wel … mi … dwi’n cofio gweld Mrs Rowlands yn rhoi amlen frown i Nyrs Jenat yn slei fach yn eich stydi chi.’

‘Amlen frown?’ Mae Mr Watkins yn pwyllo. ‘Ond welaist ti ddim arian yn cyfnewid dwylo?’

‘Na.’ Dwi’n ysgwyd fy mhen.

Mae o’n iawn – erbyn meddwl, welais i ddim dimau goch.

‘Mae rhain yn gyhuddiadau difrifol iawn, iawn.’

A rŵan ’dan ni wedi’u deud nhw, maen nhw’n swnio’n hollol anghredadwy. Ac mae Mr Watkins yn llygad ei le – does gynnon ni ddim gronyn o dystiolaeth bendant.

‘Digon yw digon. Agorwch y drws. Rhyddhewch Nyrs Jenat a Robat.’

Dyna ni, mae hi wedi canu arnan ni. ’Dan ni i gyd mewn trwbwl. Achos bydd Nyrs Jenat siŵr o droi Mr Watkins rownd ei bys bach. A fi fydd yn y carchar cyn diwedd y dydd.

38

Baglu allan o ddrws y corffdy wna'r ddau, eu llygaid yn araf arfer efo'r golau. Dydw i ddim yn siŵr be glywson nhw o'r sgwrs gynna – mae'r drysau'n drwchus iawn.

Gwibia llygaid Nyrs Jenat dros wynebau pawb nes iddi hi gloi ei llygaid marblis ar fy rhai i. Golwg filain arni hi. Mae fy nghorff i gyd yn gwegian wrth feddwl be ddaw nesa.

'Reiat ydy hyn,' mae hi'n gweiddi a chlecio'i choes bren ar y llawr yn fygythiol. 'Terfysg. Miwtini. Ydach chi'n dallt hynny, y rafins? Ac mae angen cosbi miwtini fel 'ma, yn does, Mr Watkins. Wedyn gaiff y tacla 'ma weld pwy 'di'r bòs.'

O fewn dim, mae'r meistr yn dechrau chwysu. Simsanu. Edrych yn anesmwyth. Na, peidiwch ag ildio i'r gnawes yma. Gwenwyn pur ydy hi. Ond mae

Nyrs Jenat yn arogli'r ofn yn chwys Mr Watkins ac yn gweld ei chyfle. 'Robat, dos i nôl y cwnstabl ar unwaith. Gawn ni daflu'r plant 'ma'n syth i'r carchar.'

'Na. Dim reiat oedd o. Mae gynnon ni achos. 'Dan ni'n gwbod yn iawn bo' chi'n gwerthu plant – fel caethweision.' Fi waeddodd hynna, o'n i methu stopio fy hun.

'Mae'r Magi Bryn Melys 'ma yn eneth beryglus iawn, Mr Watkins. Yn palu clwydda amdana i.' Mae Nyrs Jenat yn cythru fy mraich a'i gwasgu'n dynn, dynn. 'Wel, ti wedi mynd rhy bell y tro yma, *miss*.'

Dwi'n tynnu fy mraich o'i chrafangau hi. 'Ond welis i hi, Mr Watkins, dwi'n gwbod mai arian oedd yn yr amlen 'na gafodd Nyrs Jenat yn eich stydi chi. Ar fy llw.' Am eiliad mae Mr Watkins yn edrych yn ddryslyd, ddim yn siŵr beth i'w gredu, a finnau'n cario 'mlaen. 'Dwi'n cofio'n iawn. Achos hwnnw oedd y diwrnod wnaeth Mam farw.'

'Beth?' medda Mr Watkins.

'… Miwtini ydy hyn!' Mynna Nyrs Jenat weiddi drost bawb, yn trio newid y pwnc. 'Mae eisiau arestio …'

'Byddwch ddistaw, ddynes!' Mae Mr Watkins yn arthio'n awdurdodol. 'Beth ddywedaist ti, Magi?' gofynna i fi. 'Dy fam? Hana Williams?'

Ia, dwi'n nodio. Dwn i ddim be sy'n mynd

ymlaen ond mae Mr Watkins yn troi yn syth at Nyrs Jenat a gofyn, 'Fedrwch chi egluro hyn, Nyrs Jenat?'

Mae hi'n dechrau ffwndro. 'Peidiwch â gwrando ar Magi, syr, mae hi'n deud celwydd.'

'Magi.' Mae Mr Watkins yn edrych i fyw fy llygad. 'A wnaeth Nyrs Jenat ddeud wrthot ti bod dy fam wedi marw?'

Dwi mewn penbleth. 'Do, syr, dyna pam oedd rhaid i mi fynd i weini i Aberhiraeth.'

Mae ysgwyddau Mr Watkins yn suddo'n araf, ei wyneb yn meddalu, yn fwy addfwyn. 'Ond Magi druan, dydy dy fam ddim wedi marw.'

Beth? Dwi'n edrych arno'n hurt. Y cwbwl wela i ydy ei geg yn symud. Mae popeth arall wedi tywyllu. Dydy o ddim yn gwneud sens.

'Nac ydy – mae Hana Williams Bryn Melys yn fyw ac iach.'

'Mam? Yn fyw?'

'Ydy wir. Hi sy'n gofalu am y cleifion yn y seilam. Mae hi yn stafell bella'r clafdy. Tyrd.'

39

Mae'r coridor yn dywyll ac yn teimlo'n hir iawn. Drws bach, bach yn y pen draw. Cymryd camau bach coesau plwm tuag at y drws. Mr Watkins tu ôl i mi yn wrjio fi 'mlaen.

'Dyna ti, cer i mewn ... mae'r goriad gen ti.'

Y goriad olaf un ar y bwnsiad. Un bach, llyfn. Unwaith eto dwi'n agor clo. Unwaith eto mae 'mysedd poeth yn crynu ac yn drwsgwl.

Ond y tro yma, mae'n waeth. Mae'n anodd egluro pam, ond mae gen i ofn. Beth os ydy Mam yn sâl, yn edrych yn wael, yn diodde. Ella'i bod hi'n llwgu, wedi teneuo. Neu'n gleisiau i gyd, wedi cael ei chosbi gan Nyrs Jenat neu Robat Wyllt.

Dwi eisiau iddi hi fod yr un peth â Mam ers talwm. Mam yn gwenu'n garedig. Mam yna i ddal fi os dwi'n baglu. Fy nghofleidio os dwi'n ddigalon.

Maddau os dwi wedi cambihafio. Dwi heb weld honno ers blynyddoedd.

Pan dwi'n agor y drws, wela i rywun yn eistedd ar stôl trichoes yng nghanol y stafell fach rynllyd. Ei chefn ataf i. Yn araf mae hi'n codi ac yn troi rownd. Hem ei sgert yn dal yng nghoes y stôl fach nes bod honno'n syrthio a minnau'n syllu arni'n clacio ar y llawr caled.

Erbyn i mi godi'n llygaid i edrych ar ei hwyneb hi, dwi'n gwybod yn syth mai Mam ydy hi.

Mam ers talwm. Yn hŷn a 'chydig yn deneuach ond yn dal yn dlws. A'r wên gynnes 'na yn twymo 'nghalon.

'Cariad,' medda hi, yn llais Mam. Dwi'n ei dal hi mor dynn mae'n brifo. Eisiau mynd y tu mewn i'w chroen hi. Ein bod ni yn un.

Ar ôl gwahanu, dwi wedi ymlâdd.

'Ddywedodd Nyrs Jenat dy fod ti wedi marw.' Dwi eisau crio, eisiau i'r dagrau poeth lifo'n rhydd. Gymaint o amser wedi'i wastraffu. Gymaint o boen. Galaru heb fod angen o gwbwl. A finnau wedi cloi'r galar yna tu mewn i mi nes ei fod wedi pydru 'mherfeddion i. 'Dyna pam ges i 'ngyrru i ffwrdd.' Mae Mam jest yn gwenu ac yn symud cudyn o wallt allan o 'ngwyneb i'n dyner.

'Mae 'na bethau drwg iawn wedi bod yn digwydd yma, Mrs Williams.' Mae Mr Watkins yn cymryd lot o le yn y stafell fach. 'Ond bydda i'n gneud yn siŵr y bydd hynny'n cael ei gosbi.' Mae'n poeri'n ffyrnig drwy'r cwmwl llwch sy yn y gell. 'A'i gosbi'n llym hefyd ... Rŵan, dewch chi'ch dwy i lawr i'r gegin i gynhesu wrth y tân a chael tamaid o frecwast,' medda wedyn yn fwy caredig, cyn troi at y criw blêr sy'n rhythu i mewn drwy'r drws. 'A chithau i gyd hefyd. Dewch rŵan, blant. Sam, helpa di Idris.'

Ar y ffordd draw i'r gegin, ges i gip ar Nyrs Jenat a Robat drwy'r ffenest. Y ddau â rhaff wedi'i chlymu am eu garddyrnau, yn cael eu halio drwy'r iard gan y Cwnstabl.

Now Bach ydy'r cynta i wasgu'i drwyn at y ffenest. 'Hei, 'drychwch!'

Ac o fewn dim, 'dan ni i gyd yna, yn pwyso allan o'r ffenestri yn gweiddi a sgrechian ac yn codi'n dyrnau. Rwdan yn cael ei daflu o rywle ac yn cnocio Robat ar ochor ei ben. Bricsen o rywle arall. A hen esgid fwdlyd.

Wrth edrych o amgylch waliau uchel adeiladau'r Wyrcws, wela i fod pawb wrthi. Holl drigolion Gwag y Nos yn gweiddi a hefru, yn bangio ffenestri, codi eu dyrnau a thaflu hynny allen nhw i lawr ar y teyrn creulon oedd wedi gwneud bywydau pawb yn uffern am gyfnod mor hir.

Mae Mr Watkins yn canu cloch. Yn trio cael trefn ar bawb. 'Dan ni'n clywed dim dros sŵn y gweiddi.

Jest cyn mynd drwy'r giâtiau haearn mawr, mae Nyrs Jenat yn edrych yn ôl, a melltith ar ei hwyneb hi. Amdanaf i mae hi'n chwilio.

Ond dydw i'n poeni dim. S'gen i ddim ei hofn hi ddim mwy.

40

Yng nghegin y Wyrcws, yn glyd o flaen y tân, pawb efo'u te poeth, melys, adroddodd Idris a finnau yr holl stori. Clywodd pawb am drafferthion Idris efo'r Nafis. Hanes y ddamwain (chafodd Twm mo'i niweidio wedi'r cwbwl), y ffitiau, cuddio yn y stabal, Seren, y ffeit, y seilam. Daeth y cyfan allan, yn ara' bach.

Es i'n boeth i gyd pan oedd Idris yn fy mrolio i, deud 'mod i'n ddewr a ballu. Mam yn codi'i haeliau arna i. Elsi'n cicio 'nghoes o dan y bwrdd. O'n i ddim eisiau dal ei lygad o adeg hynny rhag ofn iddo 'ngweld i'n cochi.

Roedd pawb yn ysu i glywed fy ochor i o'r stori hefyd. Aberhiraeth, Mrs Rowlands, Y Twll, y goriadau, Neli'n garedig a Cwc yn helpu fi ddianc. Wiliam y sinach. Er, wnes i gadw'n ddistaw am wallt

Neli, druan, o'dd gen i ormod o gywilydd i gyfadde hynny.

Roeddan ni wedi cynhyrfu drwodd – wedi llwyddo i gael gwared ar Nyrs Jenat a Robat Wyllt. Fydd y ddau o flaen eu gwell cyn bo hir. A Mrs Rowlands hefyd, fydd honno yn y llys hefo nhw. A wedyn gawn nhw eu cosbi. Cyfiawnder o'r diwedd, medda ni i gyd yn ddiniwed wrth yfed ein te melys.

Ddylen ni fod wedi gwybod yn well.

41

‘Paned arall, Mrs Rowlands?’ medda Mr Watkins yn goesau i gyd, yn plygu drosti fel crëyr glas. Dwi’n tywallt paned arall iddi hi. Mae hi’n gwrthod dal fy llygad, yn rhy brysur yn esgus gwrando ar Mr Watkins yn ymddiheuro.

‘Mae ddrwg iawn gen i, Mrs Rowlands. Mae’r holl beth wedi bod yn … anffodus iawn.’

‘ “Anffodus” yw’r gair, Mr Watkins.’

‘Ond mae’r troseddwyr yn y carchar, diolch byth. Welwn ni ddim Nyrs Jenat na Robat Wyllt am amser maith iawn,’ ateba Mr Watkins.

‘Y lladron diegwyddor. Wedi bod yn dwyn arian o goffrau’r Wyrcws ers blynyddoedd,’ medda Mrs Rowlands yn goeglyd. ‘Ond mae’n rhaid i mi ddweud, Mr Watkins, fy mod i’n synnu’n fawr iawn nad oedd ganddoch chi unrhyw syniad beth oedd yn mynd ymlaen …' Mae cwpan tsieina Mr Watkins yn crynu'n afreolus ar y ffordd i'w geg, '… reit o dan eich trwyn.'

'Nôl yn stydi Mr Watkins yn Gwag y Nos ydyn ni, tua pythefnos ar ôl yr achos llys. Finnau'n sefyll yn y gornel yn syllu ar batrwm diemwnt cymhleth yn y carped coch trwchus. Pan dwi'n cau fy amrannau'n dynn, mae'r siapiau wedi serio ar fy llygaid.

'Mae gan Magi rywbeth pwysig i'w ddweud wrthoch chi, Mrs Rowlands.'

Dyma ni, fy nhro i i siarad. Dwi'n gwasgu fy nyrnau nes bod fy ewinedd yn llosgi'r cnawd. 'Magi. Tyrd rŵan.'

Cerddaf draw at Mrs Rowlands a sefyll o'i blaen. 'Diolch yn fawr am eich caredigrwydd,' medda fi, y geiriau fel gro mân ar fy nhafod.

'Beth? Alla i ddim dy glywed di'n iawn.'

Mae hi.

'Diolch yn fawr iawn i chi am eich caredigrwydd, Mrs Rowlands,' medda fi eto, yn uwch. 'Am fy rhyddhau o'ch gwasanaeth.'

'Ac …' medda Mr Watkins, gan wneud ystumiau arna i i ddeud y geiriau'n union fel y gwnaethon ni ymarfer.

'Ac … mae'n ddrwg iawn gen i am redeg i ffwrdd

o Aberhiraeth … a chithau wedi bod mor garedig i mi.'

'Do wir,' cytuna Mr Watkins. 'Caredig iawn, Mrs Rowlands.'

Gwên ffals ar ei hwyneb hi, edrych i lawr ei thrwyn arna i. 'Maddeuant yw bwrdwn pob Cristion, ontife.'

Coelio Mrs Rowlands wnaeth y Barnwr yn y pen draw. Mrs Rowlands yn y llys yn ei ffrog sidan dywyll, chwa o arogl cyfoeth ar ôl pob cam. Roedd pawb o dan ei swyn hi. Yn enwedig y Barnwr. Hwnnw'n glafoerio wrth iddi hi wylo yn y llys, ei hances lês yn llipa gan ddagrau. Yn taeru ar ei llw fod ganddi hi ddim syniad am gynllun Nyrs Jenat. Fyse hi byth wedi caethiwo plant, medda hi. Byth wedi'u prynu er mwyn eu cadw fel gweision. Na'u cloi mewn atig dywyll bob nos. Na thair gwaith ar y Saboth tra oedd hi a Mr Rowlands yn y capel. Fyse hi erioed wedi gwneud dim o hynny, siŵr, a hithau'n Gristion.

Do, fe aeth Nyrs Jenat a Robat Wyllt i'r carchar. Am ddwyn arian o goffrau Gwag y Nos. Am dwyll. Am greulondeb. Ond dim am gaethwasiaeth. Doedd dim tystiolaeth bod Nyrs Jenat wedi gwerthu plant. Wel, dim tystiolaeth roedd y Barnwr yn fodlon ei chredu beth bynnag.

Doedd neb yn coelio ein ochor ni o'r stori. Achos doeddan ni, blant Gwag y Nos, ddim yn dryst, medda nhw. Dim yn dallt y gwahaniaeth rhwng y gwir a'r gau. Roeddan ni'n lwcus, medda'r Barnwr. Lwcus nad oeddan ni yn y doc hefyd. Am y reiat. Am ddianc yn y nos. Dwyn. Jest am fod yn dlawd.

Garidýms. Cnafon. Tacla. Dyna'r cwbwl ydy plant Gwag y Nos. Ni.

'Magi, estyn côt Mrs Rowlands, wnei di?' medda Mr Watkins, yn wirion o benysgafn wedi cael ei faddeuant.

Wrth iddi hi gerdded allan drwy'r drws, mae ei sgert drom yn llusgo'n foethus. Mae hi'n troi i ffarwelio â Mr Watkins, a jest am eiliad mae hi'n dal fy llygad ac yn crechwenu'n slei.

Mae honna'n wên 'dan ni'n dwy yn ei dallt yn iawn. Gwên sy'n profi fod Mrs Rowlands wedi'u twyllo nhw i gyd.

42

Mae misoedd wedi pasio erbyn hyn a'r dail wedi dechrau crino. Y degfed o Hydref 1867 ydy hi. Diwrnod pwysig. Achos heddiw, maen nhw'n agor rheilffordd y Cambria yr holl ffordd i Bwllheli.

Mae cannoedd o bobol yn stesion newydd Pwllheli yn gyffro i gyd wrth aros i weld y trên cynta erioed i ddod i'r dre. Mae 'na bobol ym mhobman yn eu dillad gorau, yn chwifio baneri lliwgar a rhubanau yr holl ffordd ar hyd y trac.

'Dan ni i gyd yma. Mam; 'Nhad a Deio 'nôl adre o'r môr ers misoedd; Elsi yn cadw trefn ar Now Bach. Ac ochor draw'r stesion, wela i Neli a'i dyweddi yn dal dwylo, ei gwallt tywyll tlws wedi tyfu 'nôl rhywfaint erbyn hyn.

Mae 'na rywun yn syllu arna i o bell. Dwi methu ei weld o'n iawn ond dwi'n ei nabod o'n syth. Idris.

Yn sefyll efo'r Nafis ar ochor y trac yn saliwtio'r trên efo'u rhofiau uchel. Yn atgoffa ni i gyd mai eu chwys nhw sy'n iro'r traciau.

Wela i'r cymylau stêm yn codi ar y gorwel. Dyma hi'n dod. Pobol yn dechrau gweiddi hwrê. Chwibanu. Clapio. Clamp o gôr mawr yn morio canu nes bod pawb sy wedi stwffio i mewn i'r stesion yn cael eu byddaru.

Dydw i erioed wedi gweld injian stêm o'r blaen. Mae hi'n anferthol, fel talcen tŷ, yn rhuthro tuag atan ni. Yn stêm a baw a mwg a huddyg i gyd. Yn anghenfil o ryw oes newydd, gyffrous.

A'r twrw – hisian yr olwynion enfawr, haearn y brêc yn crafu a'r gwreichion poeth yn tasgu'n wyllt wrth iddi ddod i mewn i'r stesion a dod i stop.

Finnau efo 'nwylo dros fy nghlustiau ac arogl gwres yn fy ffroenau poeth.

Mae cerbydau'r trên yn orlawn. Yn drwch o hetiau sidan, ffwr tywyll, a menig lledr meddal yn chwifio drwy'r ffenest. Y teithwyr wedi talu'n ddrud am eu tocynnau prin. Pob sedd o felfed trwchus yn llawn.

'Cadwch draw, da chi. Peidiwch â gwthio,' medda'r stesionfeistr wrth i'r dorf bwyso 'mlaen. 'Trefn. Rhaid i ni gael trefn yma.'

Stêm a sŵn yn llenwi'r stesion. Blas olew yn fy ngheg. 'Dan ni'n gweld dim am 'chydig. Ond yna, mae'r teithwyr cynta yn ymddangos drwy'r mwg trwchus.

'Allan o'r ffordd, symudwch, wir!' Mae bochau crwn y stesionfeistr yn fflamgoch wrth ein gwthio ni o'r neilltu. 'Gadewch i'r boneddigion a'r boneddigesau 'ma fynd heibio.'

A phwy sy'n camu tuag atan ni, yn sioe i gyd, ond Mr a Mrs Rowlands, Aberhiraeth. Yn gefnsyth, ffroenuchel. Braich ym mraich. Dydyn nhw ddim yn sylwi arna i.

Mr Watkins sy nesa i ymddangos allan o'r mwg. Mae'n hebrwng aelodau pwysig Bwrdd Gofalwyr Gwag y Nos ar hyd y platfform. Pob un yn dal hances boced dros ei drwyn wrth ruthro heibio plant drewllyd y Wyrcws.

Dim ond ar ôl i'r byddigions adael y stesion 'dan ni'n cael mynd yn agos at y trên er mwyn busnesu'n iawn. Sbecian drwy ffenestri'r cerbyd dosbarth cynta i weld y pren tywyll a'r seti meddal.

'Dim cyffwrdd,' medda'r giard, yn gwgu ar bawb rhag ofn i ni feiddio byseddu'r pres sgleiniog neu anadlu ar wydr glân y ffenestri.

'Dere 'da fi,' medda Idris, yn dal fy llaw a'm hebrwng at yr injian ar flaen y trên. Sbïwn i mewn tra bod y taniwr yn brysur rhofio llwyth o lo i'r injian ar gyfer y daith yn ôl.

'Edrycha ar y peiriant 'ma. Welest ti shwt beth erio'd?'

'Naddo, erioed.'

Ac mae Idris yn iawn, mae'r injian yn rhyfeddol. Pistonau pwerus yn gwthio a thynnu. Deialau'n troi. Gwreichion yn tasgu. Dur llyfn yn sgleinio. Grym stêm yn gyrru'r cyfan.

'Hei, chi'ch dau, cerwch o 'ngolwg i!' gwaedda'r taniwr wrth ein hel ni i ffwrdd.

Ond ymhell cyn i'r stêm glirio a ninnau ddiflannu i'r dorf, 'dan ni'n dau'n gwybod bod yr oes wedi newid. Yn gwybod fydd ein bywydau ni byth yr un peth eto.

Achos 'dan ni wedi cael cip ar y dyfodol a does dim troi 'nôl.

A beth am y goriadau? Gadwais i nhw. Cuddio nhw'n ddistaw bach mewn twll yn wal croglofft Bryn Melys.

Ac un diwrnod, pan fydda i'n barod, fe af i chwilio amdanyn nhw eto a chofio am gyfrinach dywyll Gwag y Nos.

Fy enw i ydy Sioned a fi yw awdur *Gwag y Nos*. Ffuglen yw'r stori, ond mae rhannau o'r nofel yn wir a dwi wedi'i seilio ar hanes ein teulu ni. Ers talwm, fe aeth fy hen hen nain a'i phump o blant i Wyrcws Pwllheli am gyfnod pan oedd y teulu'n dlawd iawn a'i gŵr, fy hen hen daid, i ffwrdd ar y môr.

Rydyn ni'n gwybod bod hyn yn ffaith achos yng Nghyfrifiad 1881 mae cofnod bod ein teulu ni o Laniestyn, Pen Llŷn, yn byw yn y wyrcws. Mae eu henwau nhw i gyd wedi'u nodi: fy hen hen nain Mary Roberts a'i phlant, Mary Elizabeth (11 oed), Griffith (9 oed), Robert (7 oed – sef fy hen daid), Gwen (5 oed) ac Elizabeth (babi deg mis oed). Gallwch ddod o hyd i'w henwau nhw yn fan hyn: *www.workhouses.org.uk/Pwllheli/Pwllheli1881.shtml*

Ac ella wnewch chi weld ambell enw cyfarwydd arall! Mae'r Cyfrifiad yn digwydd bob deg mlynedd a dyma'r lle gorau i ddarganfod mwy am hanes eich teulu.

Mae Ifan Huws, gof Efail Pensarn, yn berthynas i mi hefyd. Bob nos Sadwrn roedd y Nafis yn mynd i Efail Pensarn er mwyn paffio ag o, gŵr cryfaf y pentref, felly mae'r stori am Ifan yn codi'r einion yn wir.

Yn nofel *Gwag y Nos* mae'r plant yn cael eu trin yn greulon iawn ac yn anffodus roedd hynny yn digwydd mewn ambell dloty. Mae'n wir bod plant yn cael eu cosbi am wlychu'r gwely ac yn cael eu rhoi mewn sach a'u hongian o fachyn, fel y digwyddodd i Now Bach. Ac yn Wyrcws Llanelwy mae tystiolaeth bod y plant wedi torri i mewn i'r môrg i achub eu ffrind oedd wedi cael ei guro.

Ond fel ym mhob oes, roedd plant yng nghyfnod Fictoria yn cael hwyl hefyd. Do, fe ddaeth Syrcas Mr Hylton a'r eliffant mawr i Bwllheli, byddai pawb yn cael parti i ddathlu'r cynhaeaf ac mae'n wir bod torf o bobol wedi dod i weld lein y Cambria yn agor a'r trên cyntaf yn rhuthro i mewn i stesion Pwllheli ar 10 Hydref 1867. Des i o hyd i'r hanesion yma mewn papurau lleol yng nghasgliad Llyfrgell Genedlaethol Cymru. *https://papuraunewydd.llyfrgell.cymru/*

Felly mae hanes yn gallu sbarduno syniadau a helpu creu stori. Gobeithio y gwnewch chi fwynhau'r nofel, ac y bydd y stori yn codi awydd arnoch chi i fod yn dditectif hanes a darganfod mwy am fywydau plant ers talwm. Gallwch weld beth sy'n wahanol, ac yn bwysicach fyth, beth sy'n debyg i'ch bywyd chi heddiw.

SWR Mawrth 2021.